复旦诗选 2019 拾音器

王子瓜 卢墨 周乐天 / 编著

山西出版传媒集团

北岳文艺出版社
·太原

图书在版编目（CIP）数据

复旦诗选.2019：拾音器/王子瓜，卢墨，周乐天编著.— 太原：北岳文艺出版社，2020.9
ISBN 978-7-5378-6258-5

Ⅰ.①复⋯ Ⅱ.①王⋯ ②卢⋯ ③周⋯ Ⅲ.①诗集–中国–当代 Ⅳ.① I227

中国版本图书馆 CIP 数据核字（2020）第 147707 号

复旦诗选 2019：拾音器

王子瓜　卢墨　周乐天 / 编著

//

出品人
赵瑞

选题策划
刘文飞

责任编辑
刘文飞

书籍设计
张永文

印装监制
郭勇

出版发行：山西出版传媒集团·北岳文艺出版社
地址：山西省太原市并州南路 57 号　邮编：030012
电话：0351-5628696（发行部）　0351-5628688（总编室）
传真：0351-5628680
网址：http://www.bywy.com
E-mail：bywycbs@163.com
经销商：新华书店
印刷装订：山西新华印业有限公司

开本：787mm×1092mm　1/16
字数：228 千字
印张：17
版次：2020 年 9 月第 1 版
印次：2020 年 9 月山西第 1 次印刷
书号：ISBN 978-7-5378-6258-5
定价：59.80 元

本书版权为本社独家所有，未经本社同意不得转载、摘编或复制

诗 ╲ 人 ╲ 简 ╲ 介

★ 李一川
2000年生于海南，复旦大学新闻学院2018级本科生，不善做自我介绍，目前在努力学习克制。

★ 章志元
2000年7月生于上海市郊，复旦大学微电子学院2018级本科生，曾获得复旦大学"江东诗歌奖"。在意太多，懂的太少，致使生活枯燥而混乱。在金属乐、睡眠缺乏和干眼症之间谋求生存。不会抽烟，不能喝酒。

★ 李玥涵
2000年6月生，复旦大学中文系2018级本科生。曾获复旦大学"光华诗歌奖"，诗歌见于《星星》《上海文学》等。曾任复旦诗歌图书馆馆长，现任复旦诗社第49任社长。

★ 洪樵风
2000年2月生，复旦大学外国语言文学学院德语系2018级本科生，曾获复旦大学"江东诗歌奖"、武汉大学"全国大学生樱花诗歌邀请赛"优秀奖，亟需学习。

★ 夏天宇
2000年2月生于上海闵行，复旦大学哲学学院哲学（科学哲学与逻辑学）系2018级本科生。

★ 宋椒
1999年12月生，复旦大学中文系2018级本科生，曾获复旦诗社"贰叁〇诗歌奖"。正在努力健康生活。

★ 刘亦奇

1999年11月生于上海，复旦大学软件工程系2018级本科生。成行的东西：诗歌、代码、摇滚乐。

★ 曾牧

本名曾宇琛，1999年生于上海宝山，湖南娄底人。复旦大学新闻学院2018级本科生，两首作品见于《在复旦写诗》。

★ 杨巧文

1999年9月生，复旦大学计算机科学技术学院计算机科学与技术专业2017级本科生。

★ 林时辰

1999年3月生，上海松江人，复旦大学法学院2017级本科生，曾获复旦大学"江东诗歌奖"。

★ 周乐天

1999年1月生于杭州余杭，复旦大学外国语言文学学院英文系2017级本科生，曾任复旦诗社第47任社长，曾获复旦大学"光华诗歌奖"，有诗作与译作发表于《星星》《江南诗》《上海文学》《诗林》《杨树浦文艺》等刊物。

★ 张天玥

1998年11月生于江苏无锡，复旦大学中文系2017级本科生。曾获复旦大学"江东诗歌奖"、武汉大学"全国大学生樱花诗歌邀请赛"优秀奖。现任复旦诗社副社长。

★ 谢江楠

1999年2月生,复旦大学管理学院会计系2017级本科生。

★ 邹欣怡

1998年11月生于江苏苏州,复旦大学中文系2016级本科生。

★ 杨雾

本名杨云辉,1998年6月生于云南德宏,复旦大学中文系2016级本科生,复旦诗社第46任社长,曾获复旦大学"光华诗歌奖",作品散见于《上海文学》《诗林》等。

★ 张简

1998年4月生于北京,复旦大学临床医学八年制专业2016级本科生。

★ 陈霏

1998年4月生于海南,复旦大学文物与博物馆学系2016级本科生。曾获复旦大学"江东诗歌奖"、武汉大学"全国大学生樱花诗歌邀请赛"优秀奖。

★ 周一木

1997年3月生于上海,复旦大学中文系2019级硕士研究生,复旦诗社第四十五任社长。曾获复旦大学"红枫诗歌奖"。诗作见于《星星诗刊》《诗林》《青春》等刊,入选《2018中国青年诗人作品选》,主编《复旦诗选2017》。喜欢垂钓但从未有鱼上钩。

★ 肖杰

1997年1月生,江西省宁都县人,复旦大学古籍整理研究所2019级硕士研究生。

★ 朱万敏

1997年生于江西九江,复旦大学中文系2019级硕士研究生。

★ 西尔

本名梁伟伦,1995年生于浙江台州,复旦大学航空航天系2018届毕业生,可能会是豆豆合格的丈夫,但只可能是个半成品诗人。

★ 吴泳泳

本名吴梦倩,1995年11月出生于长江下游的小岛上,复旦大学中文系2017级硕士研究生。

★ 童作焉

本名李金城,1995年6月生,云南昆明人。先后就读于复旦大学计算机科学技术学院、国际关系与公共事务学院。入选第35届"青春诗会"。曾获复旦大学"光华诗歌奖"、武汉大学"全国大学生樱花诗歌邀请赛"一等奖、"中华大学生研究生诗词大赛"研究生新诗冠军、上海交通大学"全球华语短诗大赛"一等奖等。著有个人诗集《失眠术》。

★ 未雨

本名王梦颖,1994年10月生于甜城内江,复旦大学中文系2017级硕士研究生。相信写作是自我对世界敞开的方式。

★ 王子瓜

1994年4月生于江苏徐州,复旦大学中文系2018级博士研究生,青年诗人,兼事翻译、评论。曾任复旦诗社第39任社长,曾获北京大学"未名诗歌奖"、复旦大学"光华诗歌奖"等诗歌奖项,著有个人诗集《长假》,与友人合编诗选集《复旦诗选2016》《复旦诗选2017:风暴招待》。

★ 张雨丝

1994年4月生于湖南长沙,复旦大学历史学系2016级硕士研究生。复旦诗社第40任社长,复旦诗歌图书馆第2任馆长。曾获复旦大学"光华诗歌奖"、北京大学"未名诗歌奖"。诗作见于《诗刊》《上海文学》《星星》等刊物。短篇小说发表于《天南》《东方早报》。

★ 杜安乙

本名王军伟,1993年生于河南驻马店,复旦大学社会发展与公共政策学院社会工作专业2016届毕业生,复旦诗社社员。

★ 松子

本名杨蕾,1993年2月生于安徽芜湖,长于上海,复旦大学公共卫生学院公共事业管理专业2016届毕业生。现居澳洲。不烟不酒,喜欢染头。

★ 曹僧

1993年10月生于江西樟树。毕业于复旦大学哲学学院,曾创办复旦诗歌图书馆并任首任馆长,获"三月三诗歌奖年度新人奖"、上海市民诗歌节"新锐诗人奖"、香港"青年文学奖"、北京大学"未名诗歌奖"、复旦大学"光华诗歌奖"等奖项,入选"2019年清华大学青年作家工作坊"。出版有个人诗集《群山鲸游》(2017)。现居上海。

★ 张存己

本名成棣,1992年8月生于北京,复旦大学历史学系2017级博士研究生。

★ 息为

本名周紫薇,1991年10月生于湖南长沙,复旦大学中文系2017级博士研究生。忧郁的女金刚。

★ 木手

1991年生,崇明人,复旦新闻学院2013届毕业生,现居上海。

★ 洛盏

1987年12月生,山东临沂人。复旦诗社第29任社长,曾获北京大学"未名诗歌奖"、"江汉·安康诗歌奖"、复旦大学"光华诗歌奖"等。出版有诗集《沐浴在县城》。

★ 徐萧

1987年11月生于辽宁开原。2014年毕业于复旦大学历史系,获硕士学位。曾任复旦诗社第31任社长,获复旦大学"光华诗歌奖"、北京大学"未名诗歌奖"等奖项。作品散见于《诗刊》《今天》等刊物,出版有个人诗集《白云工厂》。现供职于澎湃新闻。

★ 肖水

生于湖南郴州,毕业于复旦大学中文系。出版诗集《失物认领》《中文课》《艾草:新绝句诗集》《渤海故事集:小说诗诗集》等。

目录

诗歌 第一辑
Poetry

李一川的诗 ……002
十八时 // 偶遇 // 清水塘半日

章志元的诗 ……005
脱敏治疗 // 昆虫无政府主义 // 养老院

李玥涵的诗 ……010
眠 // 春雪 // 白热啄食

洪樵风的诗 ……015
小槟榔 // 博格列传 // 环岛南路 // 茶叶

夏天宇的诗 ……018
孔明灯 // 数羊

宋椒的诗 ……021
闭门大吉 // 南墙旧事 // 人间病栋

刘亦奇的诗 ……024

一位退伍军人的婚礼　//　日出冲浪入门

曾牧的诗 ……027

在尼斯看海　//　指纹膜　//　造像

杨巧文的诗 ……031

离别曲　//　巴士剧场　//　群青

林时辰的诗 ……034

浦江的耳朵　//　生日快乐歌　//　去溜冰

周乐天的诗 ……038

大宋醉酒翁　//　大宋提刑官　//　诉说与物候

张天玥的诗 ……044

关于郑州，我知道的不多　//　春晖中学　//　爱丁堡

谢江楠的诗 ……047

发生器　//　缓释片　//　定食　//　夜钓　//　乐园

邹欣怡的诗 ……052

虹河　//　造梦之一种　//　十一月，一束芒草涌动

杨雾的诗 ……057

蓄积的日夜　//　闪动的影子　//　好的方向

受戒　//　歉意的循环

张简的诗 ……063
粟米月亮船　//　结绳记事

陈霏的诗 ……066
童颜　//　晴朗小记　//　鼻腔瘙痒　//　野外劳作

周一木的诗 ……069
十年，短岗岭歌　//　谭绝句　//　灯　//　方调

肖杰的诗 ……074
理想生活　//　傲慢日记　//　比目鱼纪事

朱万敏的诗 ……078
水中一日　//　静电　//　永镇

西尔的诗 ……083
在呼和浩特观赏金鱼　//　檀弓下

吴泳泳的诗 ……086
冷冷的云

童作焉的诗 ……090
观自在　//　走马灯　//　返乡术

未雨的诗 ……096
凯普西进行曲　//　青春残酷物语
谢家公园　//　细雪

王子瓜的诗 ……101
一起玩《Gorogoa》的晚上 // 黑猩猩先生 // 光草闲谈

张雨丝的诗 ……107
夜光杯 // 凝望 // 雨中曲 // 赢家 // 爱兰

杜安乙的诗 ……114
互相停滞 // 所有蓝色的影子都像弹珠 // 相对冷

松子的诗 ……116
没做好的事 // 外公 // November Rain // 注定的傍晚

曹僧的诗 ……121
没出息列传 // 月塘情妇列传 // 朋友圈的患癌青年列传

张存己的诗 ……125
反化学家 // 下午的一出戏（三） // 东风怎样压倒西风

息为的诗 ……131
厨房 // 冬日松林 // 信 // 迟到的新年颂诗 // 观

木手的诗 ……135
做狗指南 // 养狗问题

洛盏的诗 ……139
默契 // 拾音器 // 厨房里的瑟隆尼斯·蒙克 // 迫降

徐萧的诗 ……145
重要的时刻 // 《白云工厂》笺注

肖水的诗 ……150
博尔赫斯 // 乌米饭 // 嘉年华 // 南岭故事集

评论 第二辑
comment

可能的"奇异"和"奇异"的可能
——简评刘亦奇的诗 / 洛盏……156

含糊一颤的虚晃
——读周乐天近作 / 李尤台……159

"旋转结晶的光阴"
——简谈王子瓜的近作 / 李尤台……170

莫须有的北方或神话地理
——简评曹僧的诗 / 王子瓜……175

文献发明家与风景沉思者
——论张存己 / 马贵……181

洛盏的词典诗学 / 江非……188

孤独与风景
——谈肖水的诗 / 王子瓜……193

"诗呼吸"短评选……209

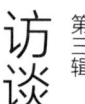

Interview

诗是岁月的馈赠
——洛盏访谈 / 陈丙杰 × 洛盏……**222**

通向诗歌的末路
——肖水访谈录 / 曹僧 × 肖水……**234**

附录
复旦诗歌纪事（2017 年 12 月—2019 年 12 月）……**245**

第一辑 诗歌

李一川的诗

/

十八时

十八时,天空又坠落了,蓝紫色方巾打在我头上
吃痛一呼,它滚到了脚边,我一脚踢飞
与乒乓球室窗外的老人相撞。老人感到异常
捡起,吹一吹,便从沾上灰的紫黑色中看见
十八时。该走了,孙子。我灰溜溜地逃开
余光悄声透露,老人还站着,在窗外
这是一个平常的老人,在等人,他说
当我有意再次路过,找窗户聊了聊
十八时的孙子,输了每一场球
反正老人只是看着,懂不懂,也无所谓
孙子打算继续,可是十八时已然要结束
该走了。孙子再输一场,老人看着,窗户
有些乏味,跳上乒乓球桌打出漂亮的下旋击球
于是球局结束了。老人看着窗户和球桌,平静地
让她记得告诫我,下次不要再往人身上踢,天空是
易碎品。明天的十八时,老人和孙子还会在的。

眼神曳落,群星不再透明的时刻里
他们已经准备好要走比我更多的路途

偶遇

老张数码招牌下,青涩水果挺立
寂静的分野时刻就此诞生
店主面相年轻——老张,她大方得体
坦然维系着旗袍上那山青色的煊赫

两个滑板少年,他们蹲着碎语
从斜坡上,在我脚边吟咏童谣
重心前倾,而后留下闪烁的余光
谁说疾驰不是退让和逃避?

老城区在乎落尽的长日和檐边余霞,可惜青瓦
渔舟与七月的老旧星斗早已摇曳成远处
农庄的炊烟上升,隐匿在它的无名匾额中
老城区不喜欢无底限的新鲜和长久传颂的姓名

我偶遇她我记起我梦到
她把玩一种古典的承继
以冷淡的骄矜姿态,如苍灰的细碎梅雨

像盲人吞吃一整颗多汁的黄皮

清水塘半日

倚住暖扶梯的人边,流出一阵
难言的震悚。眼前是晕眩的
绿,清水塘。寄一封信,走
三里路。他尝试招徕
飞檐崎岖的弧线,言辞
恳切,而灰鸢振然有声。
失眠,交游,
爱情,从来是反色的焰,
清透的墙。
清水塘也是一条街,闪烁着初次
游离在爱情间的回影。他写五遍
地址,两次给秋天,两次给
朽梁。
为见面他从不回信。
惊醒种种皆为模仿古作。
草场上积攒多年的风,
这一刻又拾起清水塘的波光。

章志元的诗

/

脱敏治疗

我知道一些事情。
我知道,当聪明的
人们垂直于紊乱的潮汐撤退
有一座医院落成在松多石铺成的海滩。
锁舌,持针器,垃圾桶盛满金属
病人像潮红色的疹子一样
仓促地堆积,慢性地驻留。

在狂风以外,和人群共处一室,
开灯,让世界的每一台闭路电视
都看得见我们。

黑暗使得右眼奇痒难耐
那就干脆让它采取一个夜晚;
反正纸张还充裕,反正末日还在盘旋
我们先顺着宿命着陆,

拉扯月与月之间的空隙:
于是夏天就会更快到来,我们
焦灼地换上短短的衣衫,像
焰火一样游荡;世界也就成了颗
过分肿胀的腺体,一滴滴地渴望着破裂。

终有一天,所有不满会抢先于
另一些恶性的动机得到治愈,我也会
率领那些损坏的雨伞,躺在
一处迎风的陡坡。
当我用力撑开时间,过去就只会像
六月的雨水一样陡然涨满。

昆虫无政府主义

1.
三相交流电是所有有肢体动物
的始祖和噩梦。
我的一些朋友总有强烈的
欲望,想要用肉身填充雨后的底泥
把不可见的尾和刺都号召出来,叫他们
十指相扣,手心向外,高声呼号;
另一些朋友享有无从记忆的

姓氏,想办法拼凑出
一条不会轻易流涎的棕狗,之后
再去指导所有黎凡特的蜂窝
建立工会,金色而井然。
我当然不懂什么政治,唯一赖以生存的
也不过是上万只浑浊的眼珠:
就个人观察来看,上万个
我并置在绝缘玻璃立方体里
歇息、振翅、产卵,就是美的。

2.
昨晚一只雄性贪夜蛾连续叩击卧室的窗
我尚且未有完整意识,使得它得以对我耳语:
"开空调请勿关窗,我们已获自由。"
于是在使用电蚊拍三天之后,我都不十分
想去触碰清脆的金属网面。

养老院

人们走过玻璃自动门
像一碟布丁发了霉
打烊后被流浪汉
偷偷吞掉。

公交车挂三挡持续轰鸣
一只手攥白色塑料袋
装着剩下的时间
不敢闭眼小憩
因为颠簸就
会泼洒。

五点二十分整丧失睡眠
等太阳出现在窗左端
然后听笑声和哭声
汇入澧溪小学。

午睡醒来心口阵痛粼粼
阳光致使室内高温
服该服的几粒药
从不开电风扇
怕会跟电表
一起走。

搬了太公椅去小区门口
晚风像脉搏一样微细
狼牙月当饮黄酒
背着手踱回家
一夜无梦。

复旦大学附属中山医院窗外
雨刚下过一会儿,空气潮湿
杜冷丁保证着充足储备
供给产房和无菌病房
插座都被机器占用
他和床边的人们
却都很沉默。

龙阳路站台,汹涌人潮的断裂处
驾驶员在两节车头间疲于奔命。

李玥涵的诗

/

眠

外婆离开前,描述过一个短暂的梦。
湘江的灰色鱼卵里,隐隐发光的我们
躲在其中。她的桨声拍不醒,饱腹而
暖意倍增的夏河。只有一处,棱台上
清晰的鸟鸣,雨水触及时,透过液体
传递来她家乡的叙事。他们洗完糯米
就行走在,宽阔而土壤深厚的路面上。
远处的人,是一条点阵排列的波浪线。
不清晰的印象,墨绿的帆帽中,拧着
坚固的颅骨,她想象过触碰,把这些
茅草揉在一起的框架,捧进她的身体。
整理出一个具有躯壳的圆台。水囊是
可以盛放童真和纠结,最宽裕的口袋。
她会任鱼苗驶入其中。渡过三次的河
在打湿的一岸,有着成群接踵的失落。
在这里下客,却有人惊惶,游溯回来。

她已谙熟规则,过期信件意味着失效。
她从未询问过这些绿色的失而复得。
就如那天她清醒地躺着,进入一次
广袤的夜行,观看自己,没入百合丛。

春雪

爸爸把我托付给张医生
便驱车离开白房子。
领口洁净的张医生,
领我穿过一列磁条,
通往火车报站的口径。

据猜测,我晕进一艘滑轮椅,
不知情的护工将我运往轨道。
记得,这个过程持续多年,
头顶的吊坠悬在日光下,
尘埃不绝地鼓掌,也许是
庆幸我来访,一些人起身。

作为一个新患者,我渐渐
如同别的病人,友善地共进
这次嬗变。泛黄缺氧的脸,

如爸爸初次尝到生柠檬；
这里没有柠檬，而他们
也从不摘下塑胶灯罩。

不久，我习惯于凝视一支
透光的吸管，下端欲落，
妈妈蘸取一些丁香花，
滴进我的枕芯。也许如此
我会好受，如玻璃脚小鸟
身姿呈现以墨绿的水。

有时他们嘀咕我天生的缺陷，
可爸爸和妈妈从不这么说。
有个声音是：或许不是这样，
其实是许多粒常见的荨麻疹
像袭击其他病房的每个人那样
选择我；其实春天之前

我是一枚不被染色的花骨朵。
我这样想着，手臂就
长成纤细而优雅的一束。
它瘦削得刻不上蝴蝶纹，
却能指挥起候鸟群，在窗口
被刀刃吸附，并排跳水。

我生于四季潮热的土层，

就问病人们雪的形态,
妈妈却笃定说,莹白的雪丝
正落向家门口的长廊,
海岸线也笔直伸向那里。
我不信。直到下午
在家门口醒来,
这样的静谧我从没听过

白热啄食

午睡时,波波想起妈妈说
"劳动是有形可见的爱",

心里这颗无花果,就揪开
小瓣。他吮吸熟透的手指

就像,中午阿姨塞给自己
温热小心眼的栗子。白日

被打扰,被呼之啄食的认可
掰成了丝状。如同古怪学者

眼镜上的脏东西,被敲击后
用衣角在红热面部磨蹭几次。

被其他海盗薄薄揉搓又占据，
就会想，鼻子和嘴巴显示的

他们细微普遍的表情，如果能够
被刻上万圣节的南瓜灯，那老师

会收回把小物当作尘埃的逸乐吗。
小草的肩胛感受到了巨大的垂钓。

妈妈描述蒲草子，怎样落地又漂浮
他就想起曾经也掠过平野，到宇宙

是一种腾空，抖落葱白的不安
纯白渗出，透明就会真切掀开！

秋千带给过他，高高浮标似的大男生
带给过他，只有阿姨，会在腾空之后

拎起他们的耳朵，说他们身陷不安。
他们同样，是日光下，浮尘的侧面。

驯顺地匍匐过许多不安，会有一刻
想要手拉手，脸贴脸，骄傲而翠绿。

午睡时，波波呢喃道，如果可以互相原谅
我会感到幸福，是拥有了一颗无花果的心。

洪樵风的诗

小槟榔

1.
像是一场从夕阳持续到铃声里的
永远挫败的跳高,像是他在小学里
罹患的斑驳的中耳炎,制服短裤换洗
田径队跑进教工宿舍,为森林盗出一整筐菠萝

2.
计算机技校的学生在咖啡厅里抽烟
然后拥抱,染淡青色头发的人
终于还是在万达广场门口别过了,只有他
坐了三小时出租车,消受这游乐园的殊荣

3.
而眼前的考试取消了,戏也没有唱成
走遍了下午的公园,走不到夜里去
有时迷路到太阳桥上,扔掉晃眼的宝剑
就傻笑,开易拉罐,追湖对岸的人

4.
立交桥下小教堂,他的母亲是一道白鹭的影子
曾经美丽而自信。多少人在下车时
走入她百只小羊的团契。如今还能变苦的东西
全都横陈在桌上了,何处是她咳喘的心。

博格列传

在书房里我们听她父亲
对厅里的客人,傲峭地谈及八十年代
这屋子她住了十八年,梅雨季里
墙漆成块地剥落,她就回去大学里
像小孩子闯进街上的画廊
后来我终于没有抽烟
酒止于浅尝,偶尔借书给
儿子带进家里来的朋友
在外面受气,只去菜市场
踢翻一张小塑料凳
十八年后,再把家搬进海中

环岛南路

洁净的肉体在海边打开

当芒果熟透,和尚也戴好帽子
母亲脱了白大褂,小心剥着虾蛄
母亲这样优雅,她管教我像
管教防波堤上的螃蟹,掉进井里的茶花
我们的揣测之旅始自清夜,一路上
见过的桥和寺,全都画好了
警察登上码头的栈道,在水汽中开灯

茶叶

书读得进去,斯文故人会回来了。
黏稠的褶皱松开自己,从罅隙中解透植物。
有一回,学问长上小山,满怀兑换成兴致
身体富含待宰的睡意,去预料瓷器的涌流。

夏天宇的诗

/

孔明灯

> 千里共婵娟
> ——苏轼

如何将它紧握？在水边总有种抚平褶皱
的欲望，温热的浮力与我们谨慎接触。
它的母亲躺在一床厚实的光帘之下。直到
我们松开指尖，漂浮的灯芯才敞开自己，
细碎的波纹已分开了它，即使我们知道
每年中秋，黑夜的人们环绕着同轮明月。
看，我们方才往天空掷入了一颗火星，
激起的微光，沿灯壁缓慢滑落，滴答。
可以想象，所有的光都源于火焰的表面。
被烫开的夜摩挲出它的边缘，一层半透明
的灯纸。捅碎它就是闯入影绰的核，就是
直视那团我们不明所以的东西，或者干脆
那里就是空的。于是寂静刮过清朗的河面，
我们站在松脂熔化的叹息里，注视着灯

如何缩小，隐没。可当它融入满月，当它被我们用共同的视线将真实涂抹上光洁的圆弧，东流的大江又一次注满了我。

数羊

最初是一片虚无，直到我说："要有草。"
于是，青草从四处朝我涌来，它的边界
锯出天空的轮廓。夕阳正在沉没，倒影
铺洒在光滑的草原。我试着锻造出羊群。
它们刚被灌注入凝实的血肉，就被吹散。
地平线上闪烁的浮尘逐渐弥漫，从中我
听见斧钺细微的震颤，潜伏着群羊之势。
当我抓住其中的一团，它就流动为一朵
羊状的云，如海绵浸没于黄昏。我开始
捏造它尖长的头颅，方形的瞳孔，羊角
螺旋着向外生长，粗短的四肢藏在披满
身体的淡黄毛发下……当我构造完一种
器官，之前的部分就几乎蒸发了。所以
我不得不重新审视一番……羊角、瞳孔、
头颅，它们被一种活力紧密联结，那个
被称为"羊"的整体终于钉立在扬尘中。
若用同样方法驯服一头断角的羊，那么

之前那只就会融化在霞光中,复归为尘。我只能照着现存的羊,从烟土里打捞出它的摹本。每有一只羊上岸,我就用数命名,直到它们汇流为翻滚的海,才让它们依次跃过栅栏。起先,它们在空中画出一道道的白线,接着我就想起它们的角都从相同的方向折裂。当我聚焦于每一根羊毛,试图从中摸索出它们自己的胎记,就会在半空逐渐分解,只留下蒸汽般闪亮的尾痕。我再也不去关心羊的模样,随便它们是圆形的,是紫色的,甚至长出鳃和翅膀,或者干脆它们什么也不是。于是草地被分开了,太阳并未被整个吞下,而是在消散。羊群、栅栏、我的皮肤,全被撕裂了,我们一同涌入熄灭的空中,回到最初那一碗混沌的粥。我无法看见,也无法触摸自己。可运动从未停止。羊的概念,那具被剥离肌肉的骨架,正在反复穿过栅栏的形式。可它们再也无法沉重。那来自杂多表象的光线,最终都收束在我知性的视觉中了。而我终于意识到自己也正在流水般消融。

宋椒的诗

/

闭门大吉

江城
我们会在前生里问询。
一艘扁嘴渡轮
从九九年的冬夜来
割划着寂静
与弧。更深的温度
寻找更老的街头。
街头,擦拭掉
几块招牌
几条光的清脆航线。
你和江城
就成为一种质地。
剥开冗春衬里
我们最后一次
反刍时间。
钟声归拢了你的呼吸。

我则因为落满尘埃
而变得坚硬。

南墙旧事

有些事情,它们仅仅试图发生。
　　　　——舒尔茨

站在白昼里,以太年轻的遥远姿态。
她仰望,
一块苍白的鸡骨。

蛇形,天空撤退。回忆在南墙四撞,
审视,
田埂与桑树的她,跳跃影子。

拉着渭河,农人也是秋米。
虚词幻想,
二者融合成一种甜蜜的纹理。

把柿子抛向天空,是她唯一擅长的事。
轻吻,
墙里所有的太阳与所有的存在。

在自己的最深处,她无力地寻找痛痒。
独白,
向一群比南墙更孤傲的翰林。

人间病栋

整个下午,捉弄一颗酱色核桃,等候菜市场的华丽
拆解瘸脚折椅。他被鱼油封了蜡,和相熟的磨刀工指着:
"有个西瓜。"阳光定义万物,而万物喜爱轮叠的呼吸
与樟脑丸的褪寂。披上八彩赵公明,捡起一粒粒芸豆,
他成为黄昏的集合,比青芒果比皮癣都更彻底。降价甩卖
有沸溢狗脑神经的魔力。咳嗽开始柔软,
好像他要惊慌轸念:皮带、饺子和女人。什么离平生太远?
不答,不知,不笑,不回忆;他只索解寡淡。
斜望日云线,却见一幢小洋楼
挂满了留给他的添葱添蒜的梦:

"我们永远熬着劣质的夜色,与垢腻的睡眠。"

刘亦奇的诗

/

一位退伍军人的婚礼*

晚上和你去卡拉 OK,
所有人都如被击倒般坐着。
"一只蚊子和它的影子
就是两只蚊子",
你和我大声说起这事时,
其实我们都在想别的。
但你得知道,当你终将早退,
什么都改变了。"除了爱,
我什么也没有了",如果
你真的明白恨,你也该清楚
　　爱是一张太大的网。

即使是明天,你也才
二十三岁。你像个
摇滚明星一样对我说
"给我找份工作"。

这被你戴了五年的腰带，
则近乎一件铁证。
有那些打结的草和泥地里
反复的脚印躲藏，今夜也终于
结束等待。而我们的落泪，
  几乎出于同一个原因。

―――――――

＊戏仿雷蒙德·卡佛《婚姻》。

日出冲浪入门

现在你还不能冲浪　饿着肚子的
潮也正开始　新学一种语言
去踩那些夜里长的苔藓　却安全得
像他们给了你养分　如果
你感到要醒了　就徒步来岸边找
人　和石缝里的螃蟹　都等着被打捞
会有柏油路潮湿地　通向你
你想起　昨天下午水波中央的
一场睡眠　也浮在橙蓝色的光里
这样便正好连续　倒影会织得更密
说明已有人仰着头游远了　他是幸福的
有的是心急的人　但更多的

只是归来的渔船　　早早锚定那些轰响
直到红日竟跃起如浪　　抢在
温度裹上我们之前　　这一刻
有很多很多的东西同时失去重力
谁按下闪光灯　　谁先回家

曾牧的诗

/

在尼斯看海
——给 XC

我承认
很多我不能做的
都写进诗里
然而现在的情况不同
它只是发音美丽
像两只舌头间发生的
性交，产出的是美
我没到过尼斯
我到过俄罗斯
俄罗斯也有海
虽然我没看过俄罗斯的海
即使看过
在俄罗斯看海
我也不会写这些
我喜欢写
在尼斯看海，如同

"你背大黄包"

难听却是唯一

的精准

我无计看到你

肩背殷蓝的包在

蓝天下跳海伦的舞

成为一类剪影

的样子

我还是照此

把你写成

一首诗

即使是以一种

否定的形式

指纹膜

其实,我们不常遇到她。
比如冰淇淋使吞咽慢下来
她会反向走出我们的嘴。
她从哪里来?是心脏,还是胃?
我们通常存疑,不会停留太久。
还有,她如何诞生?
有时我们在描述中分明发现

三个她。而更多的时候
我们从泳池里浮上来,去核对
在水下交换的唇语。她
不是概念。在诸如救生员突然空降
所引起的混乱中,她仍旧能
保持干燥。而我们只有向着
一双人字拖低头,承诺
从此在水下只说简单的句子。
之后,当我们与擦干头发的不彻底
互换掌力,她总会出现。我们
在随口说出的一些词语里
发现了她。那时我们都会快乐。
外面入夜的街道好像一片松软的草场,
在某处,无声的马群奔腾着闪现。
我们在其中一只马背上,在飞驰里沉默着,
这一切就好像我们遇见她的时候。

造像

今天会有一颗陨石飞向地球,
人们全部死亡。婴儿将死在
出生的那天,勉强分享
没能满月的遗憾。ICU 病房会留下

"坦然"的标本。一个中年人
在小店要了一盘盖浇饭，
喝着啤酒，就突然死在
等待子女和米饭的中午。
尚未完成的工地上，几个工人
突然死在同一辆推车边。剧院
为今晚的演唱彩排之前，一些电影
放映过了。是早晨特价的票。
有很多老人刚离开吧。他们聚集在车站
有些去了菜场。如果巧一点，
他们就会死在公交车黄色的座椅上。
倘若有人预测到，陨石
在今天飞向地球。他不会是预言家，
也不会是细致的观测者。他只是无聊，
因为在夏天之前，许多重大日子
都已度过，如今只剩××后。
他或许就会认真吃眼下的午饭，
没别的了。而也会有人在街上
去追逐割破他余光的一个姑娘。
她几乎走得比其他的姑娘更快。
远远的，他用鞋底覆盖她的痕迹。
就如此刻陨石携带的灰尘落在我的头顶。
是的，死亡的时候就保持这样的距离。

杨巧文的诗

/

离别曲

十九岁不能够从头开始。某个夏天的
夜晚，波光从浓重的柔软中泛出。曲折海岸线
被月白色船只，轻轻停泊。

通往隐秘处的快乐，像透支日后的
泉水。太阳，滴下她柔和的轮廓，
干渴带我进入白日梦，紧凑而迢迢。

为了缄口，咽下甜蜜、苍白而冰冷的
血液。我战栗着抹匀腹部，胃痛
在北太平洋的航线上，点起一颗火星。

只要今年秋天的雨水足够充沛，我就能
猛然把橘子涨开。她的核打在夕阳的耳垂，
我会用芳草涂开鲜美的生命。

巴士剧场
——致 X

十九岁的你手还很小,会牵着她在软件三楼
宕开夏天最小、最金黄的走廊。明媚的下午,
你们降落在树下的草地。当你们枕着双臂,
她草绿色的裙子和你,灰扑扑又奶白的鞋,
会被全世界的风凝望。你的言语开始急速地
变小、再小,直到缩回到和幼儿园社交同样的
热切和单纯。抛开严肃的实验室幻想,马路上
你们折叠了半个夜晚,以重构两瓣心脏。
那时的快乐好像溶进浅浪的时间,你几乎忘记
没有冰激凌的下午该怎样清淡。你们反复地
走进同一个美术馆,忘记拿包,在听讲解时睡觉。
音乐厅里,你紧紧藏在她的手心,你贴住她,
你会在月亮颂响起时,适时地亮起自己的脸庞。
那天的月亮,你想起她柔和的弧线和水汽,
像是开启了崭新的航道。她是你唯一喜爱的小船。

群青
——致 W

翻阅云层,掌心中游泳。山峦的

鲜美如同九月里，刚刚起雾的眼睛。
不同姿势的舞蹈中，总有飞鸟
掀起太阳的帘幕。

夏天夜晚的腹腔，落叶的汁水饱满而
漫长，成为你低声朗诵的弧线。
我们交谈，关于热牛奶，面包屑和橡皮
褪去本体后，擦不去的白月亮。

从木梯滑落，从秋天的手指中，
我们逃脱了夕阳的眉目。你知道吗？
想念，是林野中扑朔而狭长的
早晨，泛起了麋鹿水波般的双角。

林时辰的诗

/

浦江的耳朵

四十六号床,女人洗练出一对
青肿的手。金婚戒勒紧右中指
紧箍咒环绕有脑袋的手。临床
病友,晨练大悲咒。嗦食清粥
看红格顶的屋子,滔滔地展开。
护士小姐:你的名字?每天都问
有时她回答得虚弱,有时激动。
眩晕症治不好,耳聋耳鸣也是
应激反应。在这里生活习惯了
说不清祸福与失马。就好像有
新鲜的语态脱胎,我不再和你
共享母语体系。于是没有误会。
像枪膛里装不上子弹,我不能
当黑猫警长,就没有一只耳的
故事。每个早晨都很长,夜晚短
季节不更迭,毛发虚长。母亲

你说你听到,巨大的月亮升起。
散步时你望着浦江,忽迷恋起
年轻的洁癖。那些在精准里被
抹去的年轻弹性,又回到身体。
我好像听到浦江边上住着人家
"我好像听到浦江边上住着人家"
我说着重复的话,手自然搭在
母亲肩上。妈妈,日子总是好的
我会是浦江岸头多嘴的鹦鹉。

生日快乐歌

一
野餐布、背带裤和学理科的初中女孩
她说寒假见,像每一个泛滥的分别那样

二
天南地北,火车下隆隆的石子,反复
不安地跳跃。它们是坠落的隐星

三
雨像恣意的爬山虎一样蔓延开来
又像是扩张的血管,被剥去了心脏

四
积叶给旧河缝上了一条新拉链
不知道它疼不疼,情不情愿

五
在待拆的私人影院,她们看完最后一部昆汀
火灾之地,城中鸭子正野蛮生长

六
她们重又相逢,像一座颠倒的沙漏
细小又冗杂的过往不便细述

七
分开是必然的。她们都长着两双纤细的手
为何你的口袋,比我多四个。

八
"你都那么大了,想妈妈还会哭"
天边,云从烟囱里摸索了出来

九
红绿灯里的梆子声,是敲给盲人的,我也不瞎
却搅得不识轻重。一些互惠我办不到。

十
闲置一个春天后,第二个生日被轻易地打捞起
从海里的井。我游啊游,直到幕布降临。

去溜冰

我们没有约好,鸽子今天
不再起飞去五角场。只是,
空闲的船舵,偶然连成了一张破
碎的天幕。于是,这个如同
豆皮一样皱褶的傍晚,它决断
我们置身高处、清冷的
月牙图章的冰面。三五成群,
其中有小女孩在发芽。她长势喜人,
一个农夫的爱得到最高的回馈。
蓝色衣服,配红色手套。那是,
无疑反常的调整。好比悬崖上
浓烈的华尔兹,那时脚底激情地追求
表现自我。我的手微烫,藏在
红手套灼热的掩饰之下,颤抖着
等一段熟稔的共情。重心切换,世界
来到醉酒者的方位。在冰面上不断
磨刀的人,要沉浸入一片未知的刺探
——所有细微的划痕正在盲目地溶化。

周乐天的诗

/

大宋醉酒翁

那之前,我怀着戒心
依靠望湖楼的窗棂。霞光
如绵骨针一般穿过我。

"这是数刻钟的奖赏,
当技巧在高阁之内替代工匠。
我身上少见的颗粒,与这
急需辛辣的舌,已融入眼下……

 缓吟道:湖心有草坡。
 坡上,套在绸缎里的仙班
 循着月色,往桥洞中
 投掷公子哥们的词牌名。

彼时家中,妻子也该
宰鸡了。把血洒上

灿若麦田的韭菜花地。
一只鸿雁停在树梢。
徒孙们细细观察
山后有团从淡至郁的勃发。

  呼吁道：岩上的开片。
  洞外有天，从石像内扩散开的
  大雾啊！一灭，群树就
  站满了长须的白鹭。

他又斟满了我的杯。
铜缸里，鲤鱼追逐着纳出的气泡
青烟将要挣脱精细的迷宫灯。
我起身，走入打湿的酩酊：
凤凰山下的龙息深如浑雷
虎窑内，蟹爪纹扑向我折光的虹膜。

  合唱：何处可觅曦？
  拄杖，沿溪，行六七里。
  见草屋如许，可入，
  亦可观，观绝不若入。

童子之发，齐整如夜色的马鬃。
厢厩内，香料与一丛火苗
暗示那巍峨正在耸动。不久，

也将倒伏向灰鹭的鼻沟。"

瞧他,又在钱塘门遗址闪现。
指尖的烟头吸引着湿枝,
确保丢弃,不会是另一场火灾。

大宋提刑官

我也是个武状元,解开一枚骷髅梦。
汝若随我西流去,十卷名案天下传。

关公守门,匾三块。叠起来的重影,
你说得用九八款胶卷。纹理晦暗,
仿佛有夜行小舟,

"我的小舟,是由笋壳所变。"湖面
划过一条黑镖船,"昼寝夜行",
我佩剑般的他,在腰间滋滋冒汗。
你却静如妖,懂得计算船内人数,
辨识那岸边包子铺的虚假炊烟。
杨柳僵硬,我那战栗不止、通体
失温的他,划拉着你酥白的喉管。苇秆
撑开自己,山的眼眶便泻下清冽的钟声。

当我们前往废弃的阁楼侦查时，你会
替我们望风吗？镂空的墙砖内，竖满了
凛凛的小敌。你说"举起一把青龙刀
就如搓揉桃花蕊"，可我没有盔甲，
只有他。偏偏此时，恶霸的回忆
涌上了我生脆的动脉⋯⋯

"虽说一身断狱术，可我畏古人。
还有那些，常常四顾的仙。清晨禅寺，
你足够敏捷，我随着你的步伐，在大雄宝殿内
绕着圈。我知你定是善类，当你在莲花座边，脱身如鲤，果敢望向我时。"
⋯⋯是不是，我们的污血糟践了事发
现场。你若只是小狐妖，怎就忽然
冒出了十面冰凌？我的祖宅门第，
豢养着身不离衣的密客百房，
星斗快要煮熟，你却眼光幽涩。
只在梦中摇曳的身材被你轻易遮诠，
从不知自己磨牙的人，我定杀绝。

九八年的第一个下午，我们很荣幸
重温了久违的暴力。（隐晦的技巧给了
我们更多聚焦的可能，比如即将跨栏的人。
我们还误入了禁区，在里面只见到了些许事物。
可门卫说我们拍了照，要立马删掉，那些明明什么
都没有的底片。哦不。原来真有一条来回穿梭的虚直线）

诉说与物候

登上小区中的高台。回首自兹,
见到外部动荡的尘世甩入了光线,
被湿润的树荫过滤,从容
安顿自己的投影。向外探出的
小高层,被病毒、雪灾、崩市、
搬迁、坠楼组成的一条生活之蛇,
用信子细细打量了十九年。

慧眼与抉择,购房与换田,
       如今才渐渐显形的诗。
你在不大的空间内反复漫游,
就能从一团冒火的青烟,变成
雍容而缓慢的隐士。我先
见到所有房屋都长出了植物,
西洋乐器的练习曲在高层缭绕。
弧形的阳台堆满裂纹酒杯,
熏肉腌鸡已进了冰箱。

每一栋楼的参差组合,为我
端出月亮。有位男性曾扭头教我,
如何在月下避开水洼。
      这就够了。

我已从别人那里领来了新的火把，
浮动在诸多不定的颜色上方，
告别羞赧的词典学者。尝试以心
的劳作，换取扭动着被收纳的小赘物。

    堆积得越来越高，
你变得无法理解我这么一个，从来
空空如也的人。多年之后，
正如此刻，头顶会有入魅的燕队
飞越我们的屋顶，引我们出去。
 出去？

      何苦，反弹
回到一棵老树前，我们对视
透过一个硕大的快要坠落的青香泡，
我们回首不知对谁说再见。

张天玥的诗

/

关于郑州,我知道的不多

已经很晚了,她还是没有留宿他。几个小时之前
他提着甜藕、洋葱和打折的面包过来,做一顿必要的

却将迅速被遗忘的晚饭。他一根根地清洗韭菜,
试图向她证明爱或者日常之美,但其实她不喜欢和别人吃饭

尤其是和喜欢的人。规整清晰的几何图形,正在与
每粒米一起被咀嚼和吞咽。她想拒绝任何耕种出来的东西。

然后他们去散步。在一个淡绿色的傍晚,词语和词语间
也会有摇摇晃晃的、悬浮的缝隙。他把一切可填充的地方塞满,

那些无法忍受的东西,也因此而固定了下来。每个人都有他的
黄金时代,但如果弄不清蔬菜与草本植物的区别,蛀虫便会一点点

爬进生活的漏洞里。竹笋和莴苣开始不紧不慢地抽芽。她怀疑

"圆规的发明本就是人类的游戏。而它正游戏着我们。"

春晖中学

如果每一个小镇,在黄昏天气
都有散坐在
运河旁,裙摆摇荡的年轻女人,
我就会邮寄一束水芹
给她们中的某个。然而她们浑身湿透
无名无姓。没有人生来就是一朵
淡绿色的夹竹桃。我是说,
既然盆骨里没有一匹巨大的牝鹿,便不必为
无法摆脱复数的命运而羞愧。
莉莉,她为什么融化了。路过我,
面目狭长。
在河边,她的镜片初次饱满,
小心翼翼地抚摸着颤动的、银白的毛发。
器官的学名在生物课本上
滚动播放。少女是无效的词汇
即兴而生,短暂而凶猛。
但她不知道,莉莉
听话的蚕娘从不去水边
做危险的游戏。

九八年。
生长于双颊的
不止植物般的爱情。可她耗尽气力
也不能吐露:"劈开我的骨头,
秋天……花楸树。"

爱丁堡

我其实从没去过那个地方,可我知道世界上所有的地铁站
都是相通的。十一月四日走出奥体东站,那些穿紫色卫衣的人

买了集享卡却掉落柜台的人,掏出半块裹在锡纸的巧克力
不动声色地咀嚼的人,鼻尖上都落满了子弹的碎屑。

那是一粒衰老的弹壳,它的生命在湿润的、团雾状的气流里
局促不安。忘记射击是平常的事,反正我也没有将自己夹在衣架上

铺平晾晒的习惯。你说你的楼下忽然多了一只邮筒,或许那就是
我将出现的地铁口,于是地下的巨大迷宫便慢慢运转了起来。

谢江楠的诗

/

发生器

容器的内壁变得明朗暂时不用补偿
我看着瓶口想出走,又只是看着
没日没夜地躺着,至少应该偶然地
喊几声,像层固执的玻璃。曾是那么
晃眼那么好的渍痕,恍如白昼被引发,
值得留到午夜再复述,再吸收。
这会是永久的幸存,去想象一个苦难
总是优越的,是爱的腹部,被爱的日子
不是每天都有。回潮的构思推进
也许不会熄灭的失败,一种发明正在
被发明,另一种发明正在被吞并,
它们起床维护表皮,更换菜单,
急着去相信可塑性。作为彩排,完整
与颓败是一回事,心智抵御了心智。

缓释片

会有一些意义被分解,成为
收藏情绪的载体。然后那些象征物们
将裹上糯米纸,被平稳地消化
在漫过头顶的神思中,在不能记起的
带来安眠的好梦里。我是在经历过
这样的流程后,才变得如此善忘。

我想起自己不会再遇到小铭
就像那些礼物,被我藏起来就找不到,
躺在呼气与吸气的间隙中。
淡忘是和解的附赠品,我总想
说点什么,可连他的样子也忘了,
只有被缓存的情绪偶尔流动。

我会在晚高峰的地铁上遇到小铭,
由他先开口寒暄;或是在连锁便利店
买两份特价的酸奶;也许是在机场
他忽然说想要我去接他。我不想再遇到
叫小铭的人。他是不可能发生的
充满设计感的,一系列惊喜。

我和太多人讲述过小铭,程度不一

后来他成了一堆重复的修辞。
我讲述小铭的过程越来越娴熟,
甚至引起听者共鸣,我想我大概是
自发地忘掉他了。我和小铭
和那些失踪的礼物一起,被日常消化。

定食

掐表切开罐头包装,人们预备前倾
然后像是从地铁口倒出的鱼子
并排涌出。从小暑起便如此,
他们把电话打到江对岸的中央绿地,
头顶日记本,嘴里嚼着芥末章鱼,
听女经理谈论从未开始的婚后生活。
在气温和雷声钻不进的圆管内壁,
有一只斑鹿从落地窗跃出,
如被抛起的金属钥匙扣,在弧线末端
堆成一摞方形海报,理念为健康与包容。
今日要学的新快捷键,是去早市
与人讨价,保持握有一枚温泉蛋的同时
每刻钟都买下另一枚,再把上次的
运到复印机里。人们走进创意置物架,
被拎起的河鲜在揪着棉线匍匐。

夜钓

晚饭后,收拾钓具和饵料
我们轮流驾驶三十公里
抵达将雨的村庄,青色的吊楼
像两串密点把车体裹挟
直至水泥路与碎石路的接缝。
裤管卷起的厚边悬在小腿当中,
你取下手腕上的头绳,
蝴蝶结停驻在白净的后颈。
我在伞下,看见你的发尾
像夜里欣喜的鲩鱼,游向近岸。
头灯照着水面的半截浮漂
又映亮你胳膊上的绒毛,
你拎起网篓,将较小的鱼放生。
涨水后,我们就捡起灌木枝
蘸着湖水在钓台上练字。
等到螺壳嵌进柔软的细泥
你要念出夏末最清澈的对白;
钨丝灯悬挂,勾出屋后的山林,
风再把水迹吹入湖的悸动中。

乐园

左右侧压着相异的梦

而我只能记住其中一个

一个每次另取新名字

另一个总说自己想去超市

它们像白沙滩上

互相划近的两枚红纽扣

隔离就快要被失去了

是你把自己放上货架的时刻了

后来我也很爱你

你的快乐又不少还很年轻

已经无法在睡前独白

也不会想想要侧往哪面

我就这样把掌根上青色的

跳荡的一串动脉录下

群发给让你快乐过的人

就像你也妥当地明白

我们都渴求遗憾

邹欣怡的诗

/

虹河

对窗边的绿色厌烦了
我听见风起锚的声音
阳台外救生衣成群
一只白鸥迷失在那里

"像石头滚下山坡"
我旧有的榕树跌倒了
植起一片零落——
污泥四溅的夏日小池塘

想起我们闪烁过的河边
游戏般,收集橙红与嗅觉
黄昏我们捕获一棵水草
在火的启示里,练习蜷缩的必要

柔软,你触角涌动
如雨后震颤的树林

剩余的松针跌落了
青绒里碎片嘎吱作响

你眨眼,就是一片坠下的云
引灰马渡来饮水
而你善舞的睫毛时时
让鹤也嫉妒了

汛期,你唇上汗珠精密的手语
在我耳骨内稳定增生
但我偏转赶不上光的入侵
失离如我,如一枚断翅的陀螺

离开始于肿胀的片刻
灰扑扑的卡车自河底驶来
我们交替向上游凫去
窃笑卵石被碾过又散开

车过弯道,有风筝从山巅
跳落。林子里一路清脆滚下
如机敏的野兔寻出一根断骨:
谁自童年开始雕刻的方舟?

似乎总在上色时崩塌
直至你教我分辨夜的气息

年轻的浆果成熟,纷纷跃入河里
浮着游却失焦了,一朵轻蓝的云

造梦之一种

新旧杂陈的日子里
明天就要来了
当你意识到
断裂在身上

有咸味的
修辞也陈旧
像铜钱叮当四散
挣扎可耻的连缀

俯视于高处
才知道某些不易
比如辨别风向
季雨打乱晨昏

相似的晦暗里
避雷针吐露另一种安定
夜,云层翻覆其间

有丝絮粼粼涌动

而山峦正入定
窗外榕树浮起
击散聚首的雀群
缤纷的人们跃过你

如重返童年的山羊
又一晚不可抵达
空寂的汹涌之外
影子也走向快乐平衡木

十一月，一束芒草涌动

用利刃掘开，或是偷窃
似乎都不正确
清朦的夜里，我开始消磨一条缝隙

分心源于窗外芒草的涌动
飞鸟成群
你学着躺下，大声呼吸

想象内部是一缸水
广袤的星辰穿过你
这通往清洁的唯一入口

银灰色植物在顶端弯曲
好像你柔软的脊背
风来了，一切就冲散在雾里

那时的我们还很健康
清澈又明亮
像两枚初具丰腴的柚子

但干渴的时刻总会到来
如果幸运
透明将降临我们

我们就单纯做些有关爱的事情
比如互赠一张免责声明
然后牵手奔去海边

我想你的喜好就像四季
轮回却不更替
也会爱我在秋末追逐羽翎

或者找一片宽阔的堤
我们并排坐着
像粉绒的兔耳低垂

等待冬日来临的早晨
百叶窗清脆地开合
听梦在雪里跳跃的声音

杨雾的诗

/

蓄积的日夜

你们的一天有时
很晚才开启,有时候
又会是完整的一天。
自行车被打捞起来
你骑上去,整个人
就是被浸洗过了,水
有时就这样析出,有时候
又能挂满整条公路。
他其实想去接你,穿过
上海的地底,除了几个瞬间
车便不知道该往哪儿开。
在交界地带,贫穷堆积。
工人浇灌着新鲜的柏油路段,
地脉柔软,会被你们绕过去吗?
火种那么细小地被引向他,
只有你能救他。否则他
又要一遍遍,念起城市的祷文。

催眠。只要你松开他。
一九九八,动物的咽喉降生,
在背面,他只握住了一小寸
时间的颈。捻灭它,你会受伤吗?
鸟类用翅膀扑水,那么动人,
那么不洁。一双黑色的鞋
踩上白的羽毛,他远远地
模仿着。然后是凌晨
他为你整理头发,因为
你们就要回家了。一丝丝
干枯的,像是他自己的胡茬。

闪动的影子

远处的信寄过来了,
说我应该主动要求
被捎回家乡。但庆幸地
你没说劝阻的话。
我收拾行李,花衣裳,
皮质的箱子微微变形了。
靠着内里的托举,
它小心翼翼地颠簸。
我写信回来,说太糟糕了

我在路上总是晕眩,
扶着一面玻璃,但不看向
窗外。通透的云一直跟随。
似乎没用多久的时日,
我的母亲便已经在人群中
认出我,然后带我回家。
在更远的时间里,天气状况
也成了一件模糊的事情。
还有回信。但我都已经不关心了,
只是偶尔会想,那时候
如果我们知道了,雨要升起来
会不会就一直守着
一面窄小的镜子,
一只足大小的镜子,
等着有限的光亮
一点点,一点点透过它
进入两双逐渐坚硬的眼睛。

好的方向

桥上的人走来
又走去,没有太阳
他们仍是汗淋淋。

多么容易地，他们上桥
就经过了桥下那么多人。
桥下的人坐在堤上，
他们抬头，没有什么天。
我看见一群男人，
他们在桥荫下吹萨克斯，
他们缓缓地上升
直到桥上的人
听到吹奏的声响。
他们究竟被什么控制。
汽车轧过桥面，制造出
无法无限向下传达的
动人的震颤。
向上飞行的男人
其实不知道，自己
该在什么地方停下。
头触到了顶，
他们与桥上的人
拥有了同一刻感觉的互惠。
不确信声音的存在
只能用皮肤去碰。
悠悠地升起，忽然又落下。
好像最圆融的方法
谁也无法触及。
最大的一颗太阳出来了，

许许多多的汗渗到桥下,
它们变成鳞片,跌入水中的人
被轻轻覆住。

受戒

日子不是从来都好过的。
从前我也是违章驾驶的惯犯。
那辆摩托车是窄小的矩形,
多于两个人被依次码放上去,
发动时我就夹在父亲和母亲中间。
我从来受不到风吹。再后来
我乘地铁,在浅紫色的座位上
我睡着然后我做梦。我第一次
来到了摩托车的驾驶座。
一个人,我不知道是谁
给我戴上安全头盔,接着
环住我的腰。我挡住所有的风。
我的头发在头盔里自顾自生长
完全不在意交缠存在的两个人。
是的,这次摩托车上只有两个人,
我还戴了安全帽,我没有违章。
摩托车驶入隧道时地铁还蹿上了地面。

我全都记得。

歉意的循环

跳水,或是说,和孔雀一起跳水,绿色的羽毛
逸开来。上岸后,我们像第一次去车站一样,脱去

大片的衣服。可是为什么,当我赤裸地坐在你跟前,
却只有布满我身体表面的那层细小绒毛,在隐隐作乐。

张简的诗

/

粟米月亮船

所有灯一起熄灭的时候会给人一种错觉
只是演出结束,下一秒还会亮起,还有谢幕、
掌声。家具城落锁,亮了半宿的招牌紧接着熄灭。

面对这光景,仿佛面对一只正缓慢合眼的巨象,
然后,在睡眠中整理记忆,然后,五十年后再整理一次,
就像是抬头也看不到的彗星,它回来,并带着残破的冰

二十岁开始烫发,四十出头梳背头
在梦里,他是船长,负责向月球运送粟米
飞船失事后,粟米就在真空中过期。

在那场事故里,他所做的最后一件事是查询二一一七年的天气:
得知金星凌日那天全球多云,这个时候,好像再没有事情可以让他感
　　到遗憾。

绿墙裙四面环绕,上面有字、有手印。

没有太阳,一天只有十二小时。用一天入睡,用一天去清醒。
每一天都是没有尽头的极昼,植物只能精疲力竭地生长。

透过一面镜子,他看到瞳孔中的自己站在心房的出口,
远处传来内部最深处的鼓声,在鲜红滚烫的黑暗中,
有一只水鸟,一生都活在三十七度、恒温的寒冷中,只会跟随,只会
　一步一步向前跳。

结绳记事

1. 朝阳少年宫
这个十字路口,像一张早报
在熨烫过后,服帖而温热。

升腾的水汽里,人们若有所思,
比如谋划一场昨晚的政变。

在各自的版面,渐渐扁平
褪色,而后又混入浩浩荡荡的人群。

陈年的桌布铺展开来。光
冷飕飕,在力所能及的空气里修改褶皱的颜色

雨在特定的时间到达,洗劫
一家木偶剧院,并扼杀所有关于星期日的企图。

2. 海拉尔

云是山的暗面，在此时垂下的
还有上铺的赤足。
也许近视就是从那时开始。

我们交谈，渐渐无法感知
绵羊的痛苦，它们面对的草
以及草所面对的土地。

夏日在晨雾的柔光里突然明晰起来，
天亮得太晚了些。

3. 四道口西铁路

义利又上新了，奶奶们买走欧包*
还有今晚就能上桌的红肠
隔着玻璃，也能听见割草机快乐的声音。

明早，它们就出现在女孩子中间。
她们咀嚼，并且不停地咀嚼。
每天上演这样的劳动场景，以及关于重复的记忆。

灰尘此时正一丝不苟地淹没
整条铁路。铁轨突然抖动
随之而来的，它们与摊贩一同四散而逃。

＊欧包，欧式面包，欧洲人常吃的面包。

陈霏的诗

/

童颜

一个适合拍梦境的镜头,波点似雁群乒乓,
尼龙皱褶中带点安妮日记。

她没有在铁轨旁空地放风筝。
鞋与包窸窣作响,自行车铃声延长乡路肩线。

转凉后,井里闪光
她被嵌入一枚蟾蜍口里的硬币。

晴朗小记

(起取时不要犹豫)

实验室,提取烧土
"烤箱里铝箔密封良好":

头骨不因水分沉重。一种丝帛的脆
双手轻捧，禁止搜寻。微植物在根须发霉，
像拳头紧攥，砸中皱皱成雾的屏风

铁纹重合在灯光络绎中，所有的壶口
多么干涸，有时小腿绒毛颤动——
几处钟摆声继续挖掘碎土，
此刻我是物质狂*，也可以成为保鲜袋里未鼓起的空气。

——————

* 桑克《物质狂》："所有的东西，……滑向柠檬，蟒蛇，低估的准备吧……"

鼻腔瘙痒

窗外光线似乎没有变，比干花还碎：晚安后不再吸收粉末剧场。我和你有相同的习惯，偏爱马路对面的二层楼，墙面上补习广告有时松动如七岁的牙床。你说不想搬家，搬家让嗅觉迟钝，背脊担忧。我答应你，短暂的山峰不会离开。如果有软膏似的纠结，就摩热掌心捂住耳朵，这样我们会来到机场。侧身旋紧易散的暖气，彼此的距离便轻盈起来。当你穿过陆地崎岖的热流，我握住掺进鱼腥草的泥土，造好一座巨鹿发电厂。午后时间如茂盛的云团，机油滴答着耐心，你送我的琥珀碎冰一般。我们还能发明什么，白马河化开淤泥腥味搂住藏在身后的双手。

野外劳作

江水狭窄,褶皱被反复拆散。
卡车过载即将轮渡的人,夜晚
他们都无足轻重,围坐取暖。

照明灯下柴油箱挨紧,
前往新发区的日子
在妹妹睡熟的额头上微微发热。

怀抱的中心实际是鸡场,
大伯清扫铁丝乱枝,爪印细细地
沾上干草。急救篷在雪中绵延,
像从砖缝里拉扯一根紫红的花,
平稳中逃离,颤抖得短暂又繁茂。

三十年后我们能重新登船
如蜓翼腾空,卷下灶灰为米粉店剪彩吗?
更远处,有人观棋,蚊子
激动地抖落一只金边莲蓬。

周一木的诗

/

十年,短岗岭歌

它是一堵上了年纪的墙,有半截露在
常年铅灰色的世界中。
墙是插在地里的,界线上下
满是异向生长的痕迹。
泥土里分明有着能够贮藏记忆的能力。

野狗耷拉着耳朵踱步,
岗上的老爷子沉默地抽着烟
衣上的褶子和他手上的纹一样多。
他坐在那里,一天就从他跟前经过
就像风穿过杂草,没有惊扰
在其中酣睡的生灵。

走近一个巨大的建筑,
四周突然被抽空。目视一个漏斗状的顶棚,

大小正好能够接住
这一片区域内所有的水汽。偶尔边缘处
有一颗久积的水珠落入水面,
于是就有很多发光的珠子升起。

这里没有什么多余的人,一切仿佛有着
骇人的精确。一个卖花的女孩儿向我望来,
我停住了。陌生的排斥感涌来,
仿佛自己不应该置身在这片空间中。
倏忽间,起了一阵风。

接过女孩递来的短柄黄花,并感到消解。
姑娘说,我今年十岁。
我张嘴,刚想说些什么。她突然比了一个
安静的手势,指了指已经趴在那边睡熟的狗,
它的耳朵微微颤动。
他们将一直在这片山岗中安睡。

潭绝句

一丛低矮灌木欣赏他在碧蓝湖水中的倒影时,从嶙峋的涧石深处
蓦地蹿出水蛇,整片惊叹与倒挂的瀑布相连。塌缩在头皮上演,峭壁

向上延伸出的天际里，群雁穿过水帘。翅膀扑打起光束，如同定神的
　笛声

拂过我。今后的山谷，孤独将隐匿在沟壑冬暖夏凉的褶皱中。在另一边，

连绵的山体成线，被雾气削平的山顶上，栖息着深潭隐秘不绝的吐息。

灯

发呆时，我喜欢凝视天花板上
下垂的灯。
我总能从中感觉到一些事物的胆量。

比如它细微摆动，平时难以察见的
暗流。只要时日够长，
当他们终于摆向同一处：
重力改换方向、光影挣脱空间。
又或者，夏幕坠落，宁静的顶棚下
栖息着被光晒过的痕迹。
看它缓缓穿过那些完成
或未完成的事件，
开始向后跑，裹挟着一个季节
和那一大片还伏在原地的人。

入不敷出的勇气并不仅存于容器。
每个在灯下酣睡的人，
都不约而同地梦到了明天。

方调

几个陌生的外乡人商量着，
想和本地人建一座原汁原味的小镇。
这份令人无法拒绝的魅力在于
需要一场置换生活的探险。

倘若用活语言，叙述彼此热衷的故事，
这片土地上的尘埃便会沾染我们，
直至我能够毫无障碍地，蹚入
方圆几里地中顶泥泞的塘子。
采摘一茬儿任意节气的收成，
并慢慢等待氤氲散去，好看到对方
清澈眸子中的眼仙人*。
在我们都略加躲闪的语调中，我确信，
我们都将一部分的秘密晾晒在了外面。

窍门也许不在于想象，而是去做一个
中规中矩的画家。天地间广博的神迹，

总是透过一种伟大的共识
降临在身边熟稔的低语中。

我们放弃和隐秘的含义捉迷藏，
不如就此坐在一片不必避讳的市井中练习
听音和发声。花数天让自己的眉毛
可以随着上扬的尾音一起微微颤动。

手指轻敲桌板的节奏
终于和搭档说话的习惯暗暗相合，
就像一种欢愉悄悄向你走来。

───────────

★ 眼仙人，眼眸中倒映出的人的影子。

肖杰的诗

/

理想生活

一个平凡的人,在乏善可陈的城市居住
或者说,生活,但止于这两个字本身
总是及时醒来,上班,打哈欠
不过分晚地睡去,很少做梦

平凡的家庭,背着被期望的债务
习惯于把一天堆积在另一天上面
所有早晨都很安静,妻子把窗帘掀开
玻璃偶尔才擦,也并不明显更暗

孩子也许会有,但不像从前的自己
那样令人操心。这是早熟的年代
加速到来的平静感染着所有人
他或者她,每天自己回家,完成作业

父母和朋友很少到来,客厅

摆着刚好的沙发,电视依然够用
每天晚上,他们吃完饭了
各自坐着,头顶上的灯挂着白光

傲慢日记

和所有不朽的事物一样,
月亮被永远需要着。
尽管他不过是块疤痕交错的石头,
喜欢隐现在暗礁密布的夜晚。
尽管他的光明并非发自内心
却恰巧遭所有水面和飞云托举。

高台上,咏唱与下酒是同一件事
赋诗者的梦想就是在其裙裾下
溺死,或者失踪在半途的无人区。
更多笔直的侍从就站在那看着
看他和醉汉们一块滚下台阶

只不过是一面观照此与彼的锈镜子
讲故事的人曾经轻易把它摘在手里。
现在闪烁的卫星让历史越发幻灭了
他却并不更真实些。他又重新属于

少数人,借来强光压得林木吱吱响。

可没有人说我们失去了他,他只是
像所有的不朽物一样,距离令人惶恐。
在这个世上,大海平静,江湖浅薄
只有晨雾想冲垮岸边的石堡。而他从未
升起过,习惯于在高处站稳脚跟,夜继
以夜,照耀我们暗地里的生活。

要不了多少日子,比如说度完这个望日
他被人谈论得厌烦了,就会睡着。那时
我们从河岸上往下看,干涸的行宫
未亡的水草上红花和白果如星点。

比目鱼纪事

尽管石榴即将被倒影拽进沼泽,
一个不会游泳的人,还是决心
慢慢学会吐露出粉嫩的腮。

在阔叶林幽暗的反光里,
命运的黄昏如潮涌现,一层层
铺向我们脆弱的巢穴,摇晃着

越发逼仄的水底。呛人的泡沫
整夜整夜地硌得你睡不了。
沙子始终没停过,缠着我磨。

从未预料池塘会如此浑浊。
像是从远方突然造访的庞大来客,
它的呼吸不容任何形式共享。

深不见底的失眠,照明的
是碾干净了往事的珍珠。
在青石板上,划痕被一遍遍洗去,

现在让知觉重新降临我们的肉身。
孩子们摆脱了镜中安详的午梦,
从苍白的重症室监护里扭头来看

一对比翼鸟正飞出窗台。
八月底的天空透彻如水晶,
阳光灌满了我们粼粼的脖颈。

朱万敏的诗

/

水中一日

父亲,今天我在回去的路上
遇见了雪,那么白
没有倒影,就像没有过去。
我知道,时间会消耗一切
可是如果我能倒过来走呢?
往昔的星辰闪耀,我又会如何失去
这里的生活很好,父亲
我见到了许多名字,过了很久
也没有什么可以记起的人
人们在集市上为节日走动,
那么匆忙,没有一点分离的预兆
父亲,烟花在夜里升起来了
雪一样刺眼
我看着那旧日的遗迹
那么隆重,仿佛在等待

那枯竭的一刻

静电

1　红色星期五，日落前的一个片段

走下第二级台阶时，她停住了
暮色中的女人，衣衫在晚风里拂动
路过这鹅黄色的春天
茫然的片刻，飞机闪烁着划过
空气里仿佛真有透光的寂静
她想起早些时候，艰难地
吃下最后一个苹果，
过于鲜艳的颜色
明天也有人要离开吗？
在梦醒般的沉默里，
在遗忘带来的悲伤里，
她站在那儿，
感到时间正流过她
就像车流华丽地穿过街道
在近乎凝滞的喧哗中
厄运正向她扑来，
如同眼前骤临的黑夜

2　白色星期一，午后在洗手台前

她洗手时注意到这面镜子

双马尾的女孩，一张困惑的脸

那是她自己吗，为什么在和别人说话？

水凉凉的，有光在墙壁上来回闪动

这一幕是否足够平淡？她不知道

很快，她的家人会来接她，

在黄昏中离开这所新学校

她也不知道，再过几年，

会有一个孱弱的弟弟降生

有时她深夜在大街上奔跑，没来由地

记起很多事情，比如一条晒干的蛇

比如炎夏里潮湿的闪电

或者是现在，这个她认出自己的时刻

她将不断回想起这一幕，在入睡前

在玻璃窗的倒影里，在酒醒之后

直到将它视作一生的开始

而她只是洗好了手，转身出门

让太阳轻轻照耀在身上

3　蓝色星期日，凌晨鸟声隐现

我看到天花板上流动的影子

屋里还能听到人的呼吸吗？

我梦到我在草地上散步，整个晚上

没有遇见一个人

太阳消隐太久了，

我醒来也没有见到太阳

猫在外面狠命地挠

窗外有火车呼啸而过，

有救护车带着女人的哭声穿过

也许有人在回去的路上走丢了

明天他们会去放风筝，那将是一年中

为数不多的幸福景象，

但不是这样的

一个人不能决定他的出生，

正如他不知道，会醒在哪一场梦里

可是你不要害怕，天已经亮了

门外也没有陌生的人

永镇
——为一个穿绿色格子裙的女人

一定有人遗弃过这里

我看见柏油路上的裂痕

悬着的一颗心。我想

这会是一种命运的起点

很多事物都值得毁坏

像是水槽里，不流动的血

我很熟悉这种恨

这一天很快就垂落下去

热气朦胧的公园里,我看见她

一副旧山水侵蚀的身心

一个人走在路上,就可以

突然伤心起来,我的疲倦的皇后

散步其实不能解开一次噩梦

也许她需要的不是草木

而现在,因为她过于起伏

因为她是这样破碎的曲折

我于是发现她是悲哀的,可耻的

陌生的。我在废墟中不得消隐

又因为,她已经顽强地

克服了杂质,克服了美

因此是迟缓的,平静的,永恒的

好像她正缓慢地,雕琢出一颗真心

好像她用大火烧开了沉默

而我已经昏昏欲死

西尔的诗

/

在呼和浩特观赏金鱼

溃败始于一次迟到的串供
每一次的开口都被另一次喉头的
滚动尾随。一位台州老乡告诉我
"藏霆和汇通的酒席是一种传统"
两年前,这个叫海源的男人初来乍到
从此与内蒙古的清醒绝缘。夜色
自呼伦贝尔变得沉重,出发去边境的
吉林汉子又折了回来,为坐在上位的南昌人
斟酒。那是我的伯父,他生于首都的
女儿在上海读完了大学,带我来到这里
呼吸北地的空气,带我进入这辽阔的
过敏。喷嚏与喷嚏之间,捕捉到
只言片语,让满桌残羹都现了原形
汉人,不喜羊膻气,见过草原
但心中没有草原:那是矿区,风场
"昭君出塞的目的地";那里有贫穷

恶犬,和不会读写蒙文的牧民
连绵不绝的大青山,说矮就矮了
倒在桌边呓语的年轻人,体格魁伟
说醉就醉了:四小时前,伯父的办公室
还是下午,房间一角的落地水缸里
养着三条鱼:如意和招财,皆若空游
余下一尾名为地图,正在垂死挣扎

檀弓下

就在刚才,他路过图书馆的咖吧
一个印度小哥向他走来,递上免费的
临期三明治。霎时间,战栗将他席卷
从抵达伦敦的第一天起,他就开始
日复一日缜密、精确、拒绝
容错的计算。他每天查看两次支付宝
三次信用卡额度,只要有机会
就会打开钱包,确认十块、二十块
五十块英镑的具体张数。如果与记忆
中的数目不相吻合,他就会失去所有的
食欲、性欲和求知欲,原地站定
陷入对自我的怀疑、理解、复又怀疑的
循环之中。所幸,多数时候,他的记忆

可以追溯每一笔支出的明细，这使他得以
用自嘲掩饰汗毛的直立。但他知道
体内的另一些部分已经倾覆了，崩塌了
像老去的刺客断了杀机，武功尽废，
却仍欲做一次风骚客，当一回亡命徒
没成想，象牙塔内的不期而遇就能让他
身陷囹圄。战栗，战栗，一种只可
被陈述，不可被察觉的疲惫
天命的溃散，与账户余额
无关，与上海内环的房产无关，与
坐在奔驰内便血的父亲无关，更无关
迷恋乡下小姐妹假洋牌买手店的
善良的母亲。这一切，只和欺骗有关
只和那个假装找到了拔地而起的独立性的
青年巨婴有关，只和他把善意当成
嗟来食的指鹿为马、把自慰
说成梦遗的那次射精时的战栗有关

吴泳泳的诗

/

冷冷的云

一

01 为逃避爱情的僵局
她构思了一个故事
每年她都在他过生日那天前飞出国,
这都是行程安排上的巧合,
毕竟需要准备的事情很多,
很难再去考虑日期的问题。
三年来每次她都很不巧那个时候
走了

02 蒲公英
她毫不在意那些未曾到来,
可能性总在为退路做替代。
行程前一天傍晚,开始洗衣服
台风天凌晨,出门搭飞机

中间五个小时里
把她的衣服挂成一排
用吹风机吹干了

03 BBC 纪录片
过了英吉利海峡
飞机就飞得很低了
她家里的新床他先来午睡过一次。
后来在不顺利的睡眠里她想
事物一旦茂密就
生出火焰
而俯视和历史是相同的混沌。

04 威斯敏斯特的秋天
你感受到吗?
季节也是瞬间身体爱意的存留。
谈论季节如谈论性爱

二

05 冷冷的云
俄罗斯方块游戏的
循环死亡里
一场熟稔提前贯穿我
对你效果美学的遍布,视若无睹

06 金色的主权
旧怨也一场。

水波的光影将约克镇抹匀
那些凝望的河流,
流过童年的金鱼。

07 伦勃朗
雕塑是什么?
在慰藉中沉默下去。
为了接受你赠与的湖
我关住体内的流水

三

08 在现代派墓前
三镑等于
一个五十便士,
九个二十便士,
四个十便士,
五个五便士,
两个二便士,
一个一便士。

四

09 移动
在北边,小镇的黑夜
沉默地发生

空空的草场

走出来两匹马

朝向我，走来。

"毛茸茸，刺痒，易碎"

世界光亮如贝壳

感到轻，

但无法估量是它，迎面的重

10 苏格兰高地

群山中我见到光，

就像我第一次见到光

而经验之内

所有带光环的都在消失。

光不会照下来

悬在高空上

在心里，你是发号命令的一个人吗？

童作焉的诗

/

观自在

"万物并作,吾以观复。"

1.
暮色赶路,天边的光亮还在焦灼地探询。
飞鸟在空中匆匆写下遗书,便又去密谋
下一个时代的剧本。我看着微暗的天边,
想象走进一家影院。压扁的积云,
仿佛升起了巨大的帷幕。

好戏即将登场。提灯的人,点蜡烛的人,
发明电灯的人,迫不及待地往台上看去:
一个人,变成一群人。一群人,
剩下了正中的一把椅子。他们猜测着故事的走向,
他们心中无数张脸一闪而过。

在那积云做的幕布上,剧情和云一样诡谲。

秋夜的雨从窗前蹀躞而过,台下有人哭,
有人笑,有人嚷着回家吃饭。有人捧着爆米花
面无表情。放映机透出的锥状的光亮,
像在河道的淤泥里种下一双双眼睛。

2.
月光随时可能成为雪,你也随时
可能成为一个时代的倒影。我闭着眼睛,
却也能看到梦里那个世间。那些真实的人
像时时隐迹周围。只有到了夜里,他们随潮水而来,
一半落在我的窗前,一半成为天上的星星。

每一天的场景都不相同,我像突然闯进
某块影院银幕的人,没有台词,找不到自己的喻体。
何处是吾乡?每条路都仿佛是归途,又仿佛
是歧路。我从自己的坟墓走向自己花了一整天,
再走回去,便用尽了一生。

只有我床边的风铃记得,前夜是谁,
穿过我梦里的长廊。那位造访的隐形人,
一页页撕下墙上的万年历,用彩色的铅笔,
把我掌心的纹路改得面目全非。他在我耳边低吼:
"这不是白色的马,这是鹿。"

3.
历法被埋进土里,我提着电筒,
举着放大镜,对照着潦草的陌生人的日记,
辨认路上遇到的每一个人。
在银幕里,在大街上,在那稍纵即逝的梦里,
哪一个才是我想象中虚构的人。

镜子里的那个呢?那与我对峙的,
我从未见过的。你是真是假,为何
就站在我对面,用狡黠疑惑的眼神盯着我看?
你是马还是鹿,你是哪个造物主遗弃的玩物?
天又快黑了,你的体内还能埋葬多少人?

天亮后我将是谁?我闭着眼睛作画,
倒着看世界,想象每一个前生或来世。
睁开眼的时候,我看到镜中许多人的脸。
再往窗外看去,只剩下一个跛足的背影往远处走去:
他沐浴在隔代的月光下。那个又是我吗?

走马灯
致丫

一朵干枯的花,长在旧的日记里。某一页,
鱼从天空偷运云朵,你成为湖心的倒影。

那时你大概十七岁,也可能不是。
你发梢的雨带甜,折射出醉态的微光。

在返航的邮筒里,我开始预设一段爱情:
蝴蝶涌向悬崖,雾岚缩回山谷,而你停在我指尖。

你是我风景的盗贼,早于创世的神话。
月光打磨的两座孤岛,沉在你的眼角。

隔着失重的手心汗,街边的苹果象征了一场遇见,
在落日之前一起远去,在醒前写微醺的情书。

你掌灯。为我单薄的天色,为遥远的问候。
但是否深情熬不过黄昏,而思念生怕恰逢雨意?

这阵雨来自你体内的潮汐?你带来温情的物候,
尾随季节的凉,如何饮秋后的桃花茶?

从年久的明信片,从银幕上的电影,
从无数时间交织的网,我捕捉每一个毫不相干的你。

你渐渐长成雾。在镜子里,我看到那个爱你的人,
比想象中的我,更加真实。

返乡术

1.
这座陌生的城市,像一只巨大的鸟笼。
这里的霓虹灯不能取暖,高楼像一把把锋利的刀刃。

一个流亡的异乡人,手中握着一把虚构的斧头。
在汹涌的深海里泅渡,一次次被冲回,又冲走。

怀着卑微的虚荣,我也无数次想成为一个游泳的好手。
我望着川流不息的人群,不断练习自己的口音。

在梦里,我终于学会了在这里使用第一人称,
不再有溺水的恐慌,只用惬意躺在沙滩上沐浴阳光。

我熟练地穿过每一条街巷,这里每一个路牌和商店都熟悉不过,
所有纵深和陌生也都消失不见,我大口呼吸着这座城市的味道。

我打碎一座孤岛,在地图上把各个地方连线,
再攥成一团,丢在城市的中心。

2.
我看到一些候鸟往南飞,它们飞得再远,

每年都会沿着熟悉的路线回到故土。

无法返乡的人,还能看看月亮。
丢掉故乡的人,每个夜晚都会失声痛哭。

我用尽毕生力量练习口音,学会新的风俗习惯,
跌跌撞撞。而如今,我只想退回我的故乡。

就像蝴蝶退回虫茧,花香退回泥土。
我只想被退回到出厂设置,回到我的乡音和故土。

我必须虔诚的,把每天的月光都想象为故乡的月光。
它是那么明亮而温和。它照耀着我,就像我刚出生的时候。

未雨的诗

/

凯普西*进行曲

过度的景色终会使你荒废。他问港口
整点出发的轮渡有何用意,砧板一样的瞭望台
对准晨昏线,将游人的光芒一点点剥开。
两岸之间,城头的样子发昏,窃窃中也有人正吹起
"破阵曲",做歌里的床铺英雄。

不只是罗马,现代交通可以很快将你送离凯普西:
美丽乡村,快消爱情故事花落谁家
可以离伊丽莎白大道更近。点亮这时刻:
第十大奇迹。年轻的面容正排着队向广告索吻。
不曾遇见的天使,也要张开翅膀
把这黄金的年代细细摩擦。

看准日落,一切的时间没有否定我,
也没有歌颂更多。养马之人后颈皮
几多光滑,向着山陡水陡回程路。

直到深海的话语里吐出鸽子，
群星的五官稀疏着，爱的空白
使我想起爱的动人。

———————

★ 凯普西：Campsie，悉尼某地名。

青春残酷物语

春天正在急剧减少。从你跳入屁股发红的装载机时，
你的姿势就在急剧减少。很早前
那一坨坨江水流过你身体，将你暗算成计划生育的样子。
上善若水，上恶便如山。没指望的推山工，
大概也不会想起西西弗斯，把自己定制为一个无尽的春梦。
唧唧复唧唧，真药永远只握在少数人手里。
等到少女阳刚，你手里可食用的部分就变得更短，
才知道女人们不是肋骨，都会流血。妇产科里没有耶稣
只有成千上万的精子胜利者，产道疲软的中国欢呼。
"小心驶得万年船"。父母是另外两张大字报，贴在
高考的地图上，春风沉醉的长江运河，将你吊起，送到
更多需要你起誓的地方。祖国需要你。祖国规定需要你。
你是更多人的未来。千禧年浸满你的直径，美丽的理由让你
在流水线上骄傲奔跑。编制八荣八耻，只消放下七情六欲
立地成一尊过江菩萨。东方既白，手臂上又多几道蚊子血，

新的一天也要重新失去。万家灯火掩住你心里最红那一盏。
但你仍会快乐。螺丝刀撬开秘密书桌,低着头的浮士德,
正将金色的幌子,缓缓从你身上挑落。

谢家公园

直到过了十几年
我才知道这条河有名字

高铁站打车回家途中
母亲指着窗外,像指着一件
有钱门户带过来的嫁妆

姓谢的人家,不是爸妈任何一个的朋友;
姓李的外婆,嫁给外公之后改姓了刘

过世多年,她没有那样的贵人
也没有这样的福分:

一桩姓氏冠名一座公园
一门婚事冠名一个女人。

母亲的干练是每个城市都会有的万达

她的骄傲、融入时代的证明

那么我那坠地前就已计算好的
美妙名字,是它解释了我还是

我被测量成一座新建公园?

女人们在失去自己的直径
暗口贫瘠着几代人坍塌的泳姿

许多事情
都只剩"扑通"一声的合法回音

只有母亲说着要搬家的剧本
像一枚李子掉进了浅浅的河床。

细雪

Lisa,今晚我在回家路上想起了她。
多年前背负我一生艳遇的,俏皮的名字。
当时我们曾约好永不相见,成为车轮里
最隐秘、安静的一种。
她每每给我写信,总是透露拮据,这

难以启齿的部分，反倒变作彼此的旧日歌词。
县城的皮囊甜美，没有人会留在这里。
衣柜里再多谈资，裙子镶进再多水钻，
也比不过都市的道貌山水，数年不变的快消包装
建筑她的中国梦。Lisa，Lisa
去遥远的地方前，先发明个外国名称来壮胆，
落款末梢微微卷曲，像她不住称赞的所有时尚发型，
像新生活的另一种消耗品……
我们从未谋面，这一次也不会再有交集。
她说要去的地方正刮着些雪。她
还嘱咐我把信烧毁，我走到阳台时看到
雨也在下，感到冷。觉得自己也是某种发酵品：
某种准备送给她的礼物，被快速地塞到皮箱中，
等她不需要的时候，丢弃的时候，
就会最后一次想起我。

王子瓜的诗

/

一起玩《Gorogoa》的晚上

"端着一碗值得赞美的成熟的水果 / 进入死亡之门。"
——里尔克

I.
那本书一会儿在你手里,
一会儿又翻在他手上。晚上七点,
算命的女人悻悻离开,走到
另一张种满了念头的桌前,
叩着门环,问道:有人吗?
堂屋飘来星巴克,宅子后面,
她望过去,一片道德结得多好。

主人不在家。事实上,
很快她就发现这里空无人烟,
人们都到别处去了,轻快的车辙
四散在咖啡馆的地板上;而
我跟着你,像几只蛾子踉跄地

被远山熄了火的芯儿派回来,
来瞧瞧你怀里捂着的光,
你那盏捕捉了星斗的灯笼。

Ⅱ.
你举起它;然后你接住
街对面,医院的小花园丢来一只野果。
你走动,然后等待,一架漆绿了、
使铁轨舒展得那么生动的梯子。
困顿时自有一块磁铁,
搁在书房,为你扭转时针和天色。
哦,讲规矩的小人儿,你是否
也乐意给我的世界讲讲你的规矩?

我挪开目光。往来的车灯
认真擦洗玻璃上的一块泥斑,
另一面,西湖和断桥也被它擦净了,
雨中的城市梳洗了一番,
打算要迎接谁;而此时,
天空似乎正走过一位托钵的僧人,
他手中的铜铃猛地摇了一下,
震颤着我的屋子,也震颤了你的。

Ⅲ.
我知道一些方法。你看

现在我要把我的窗台
朝着你书柜上方的画框那里
对准了,吊车一般运行,接上,
然后跨过去;或者,从我
褪下的羽毛中拣出一根,
摆在日光前,叫它纤细的轴
去分享你那只笔用尽了墨水、
从桌上飘落下来的空虚。

我和你正穿行在一个嵌套的环中,
这些岁月我们做过学生、孤儿、
士兵、残废者、书桌前
沉思的老头……是的,
那位僧人年轻时就已经详细地
描写过你今夜将如何梦见他;
十三世纪的太阳转得多慢,
我与你,我们一生都不会
走出他伏案的那间小小的缮写室。

黑猩猩先生

他长得像布什。从一座假山的尖顶
奔向另一座,冲浪一般的,

踩着晃漾、反光的铁链。这是
假期的第三天，傍晚五点，
退去的人潮露出几辆双人脚踏车
礁石般光洁的脊背。垃圾桶旁，
伶仃的空塑料瓶在倾诉，可草丛静静的。
迎宾象队每日走过的石路附近，
饲料混合着粪便的气味仍不散去。这是
最后几片园区，相机耗尽了电，
放回包中，腹内零食正消化。
难道不是吗？你和他们笑着。像布什。
在另一座假山的尖顶站稳，
同类们坐卧四处，睡眠、捉虱子，
他挥手，望着。尘埃像雪停落在
跑马场猎豹追逐过一簇羽毛的赛道上，
露天马戏厅圆形的孔洞下
云彩在痉挛，清洁工人等待着，
动物艺人留影处，几列付好了钱的
幸福家庭在排队。已经五点了。
望着。于是我们停下，回看他——
那么高，像一只乌鸫伏在树梢，
他用飞翔的姿态，在我们的
惊呼中纵身一跃。暮色令他的
毛发燃烧了一般，走到草地的中心，
挺胸，凝固在一个亮相或是
谢幕的姿势里。我们的喝彩使他满意了吗？

在一家购物中心餐厅的座椅上,在
地铁炫目的广告前,在微信新消息的
提示音和颤动中,这样空旷的夜晚,
笔记本像一颗心灵亮着。谢谢
你们的掌声尽管我已厌倦了,
我索要喝彩因为不远处有一圈高压线,
我不能挣脱世界这五光十色的笼子。

光草闲谈

像绿色的绸缎,一方面是
因为它美——早春,路旁紧缩着
脉管的樱花树,四周是饥饿的灰色,
风摸起来就像冰凉的石头。
而它铺在阳光下,无中生有一般
这新的、玩着露水的幼年。在
过去的一个早晨,
也有这样的绿色套上我的脖颈,
空气伏在一支进行曲硕大的调子下,
将新一轮尘土扬在围墙角落
兰花草细长的茎叶上。旗帜在
我们中间,多像一朵高高伸起的鲜花。
但它不是我那种劣质的布料,这是

另一方面——因为它精心的剪裁,
平整的石径像是既好看
又藏住了几根线头的花边,
每年两次,割草机熨斗般烫过。
应该为它放上一个篮子、三四个好朋友,
谈论天气,新旧年;要有
一队棕蚂蚁来回搬运三明治细小的碎屑,
从草叶的缝隙,从那印着配料表、
生产日期的塑料褶皱里;
在远处熟练或是生涩、但都
那么清晰的吉他声中,一顶帐篷附近,
金发的留学生在日光浴,飞过的
鸟儿,都像是洁白的鸽子。
现在你再坐会儿吧,这长椅多么好,
它光亮的木头和铁,在上空未成形的
气旋的凝视下,草坪中心,
四桨无人机像过去的日子安稳得荒谬,
操纵它的新生已换了许多届。
吉他的旋律怎么样?我该回去了,
这些年我越来越厌烦,越来越浑浊的
涛声淹没了动人的音乐。
我听见上海滩镲铐般的堤坝
锤击着太平洋,我渴望像战火燎黑了
羽毛的鸽子,从云间捎来另一国度的消息。

张雨丝的诗

/

夜光杯

老师是丞相大人的同学
他们相似,但交流愈少
两只战败的燕子,
已经议定了庭院的分界
他通常将身子挺得笔直
薄嘴唇抿着锋利的"一"
使寒光入鞘。喝醉时
又坐成倾斜的三角形
静止的王,是几何中心
忧惧的饕餮图像,每一次行军
都为它带来更多脂肪补给。

老师的著作终于修成,
但他的罗网再难容纳
此地胀大的风暴,
它将人们口中的龙头旋紧

又从异国的静物画
撕下越来越芬芳的水果
呜呼，我的老师，
他在所有新瓶子中尝到旧酒
同一个熟透的妓女
盛满了空空的恩客

朋友，若你愿意相信
他对这世界并非有恨。只是
一个小男孩，积木的庞大和
不稳定，便足以诱他将下午耗尽
今夜，高台的底座在池水中闪烁
睡莲围困住宴饮的人
毒药溶解于甘洌的波光
如同刺客永远在花园藏匿

凝望

*For Isabella

多少年。我装作漠不关心
但我听见你的消息，
像窗前蓝色的多瑙河

在星期天潺潺地缭绕

你推开门,季风在四壁平涂
圆胖的小爱神
逃到桌布的一角
你知道,至少在这里
你可以重新布置自己。

画中,你看见你是
一个羞涩的瓷瓶
花卉饱积了沉重的蜜
高光是微缩的窗景,
冰牛奶,滴在你清脆的弧线

然后,我希望
我至少能在这里修改你,
用几只青苹果的鲜美
遮住你衰败的亲密关系
我修改你,而不必修改我自己

夏天的灰烬掉在餐盘上
我也快要,变成成熟的牡蛎
我们会在水流中重遇,多少年!
那时你破碎,却冷静、强硬
割破了它天蓝的肉身

雨中曲

*for Parachute

"你我都在画中,不吝颜料,浪费春光"

记得一次约会,她在全家等我
撑开伞,大雨是喝醉的鼓手
将马路敲响,长脚的闪电
快跑进梧桐的缝隙

远远打了招呼,便一起
走去更远,春天的帘幕
被我们掀了又掀,
露出体育馆清凉的圆顶

六点钟,关于未来的幻想
让她的灯芯绒衫更亮。
我们在幽暗中听见音乐
一只萨克斯,平静的美

被它分赠给另一只小号。
她早已回到热爱中去,也许
在橄榄青碧的图书馆写信
也许,她不曾真正坐在这里

其实随便是什么都可以,
但我不能……她耸耸肩
水洼的颤音没有停止。
窗前,我抽出几张方形纸

美术老师下班了
身上是新刺的米兰。
她匆匆走进教室,拿着伞
为我们留下永恒的家庭作业

赢家

约四年前,他和十个年轻的男孩子一起
并排站好在暗影里,像是值得和老师炫耀的剪纸

他想起没去的那堂课,绿灯背后,海面隐隐约约
暴露了女孩们蓄积的啸叫。同样的热浪

几只缭绕的金龟子,使他在下坡路上开始奔跑
一柄剪刀裁开柔顺的长堤。他赢过他见到的所有汽车。

爱兰

九月,我的阳台收拾一新
蜻蜓在暮色中摇晃,
你也明朗地招手
仿佛半空里
真有几个醉酒的青年

更晚时,焰火表演
下雨也仍进行着,
细弱的花枝
不停从烟雾里拔出;
但你是一颗温热的长钉
更加恒久的光泽
将我旋紧在围栏边。

你当然无法
从灰色监狱救出我,
而只能是阳台上
天真的,金色的一小盏
在十五米高空,
如同星丛平薄的夜晚
看护小狗的惊叫

在你所指之处，
阔叶条纹的末端
一个圆蚌似的男人，身边
来自关岛的女孩子
给他清凉的一吻。
我向你点点头，
权当听见了什么宽慰的话

杜安乙的诗

/

互相停滞

万花背负春色深重。
童年氤氲在薄薄的病。
一只松鼠油亮着眼睛,来我横梁。
一棵椿树生发的夜色,覆我屋梁。
我透过窄窄的门缝,
盼听着熟悉的脚步声。

所有蓝色的影子都像弹珠

所有蓝色的影子都像弹珠,
所有的弹珠都像镍币,
所有的镍币都像同一张面孔,
所有的面孔都像全知的泡泡,
所有的泡泡都像被吹过了一样,

所有的被吹过的都不像蓝色的影子。

一个弹珠击中另一个，
一个镍币召唤另一个，
一个面孔漠视另一个，
一个泡泡连着另一个，
一个影子蓝色另一个。

相对冷

言语轻如唇上结痂，薄水从薄。

得天萃的万子，敬茶，敬酒，相对冷。

话粘连处，肉粘连处，
无风险地浸润。

勾兑即是无间？
一言不合，万言皆不合。

唇齿间撕扯音络，生香，无攸往。

松子的诗

/

没做好的事

很多事情我没做好。

好几次,无可避免地
我失去一朵花。

痛苦像清早的露珠,
规律而纯净地打湿我。

我不停低头向天气,
也低头,向路过的陌生人。

我没猜到他们许愿的礼物,
我有时两手空空。

不知不觉,在乎的人都走了。
我爱的餐馆也要关门。

地铁停在半路,
无尽的隧道内我独自等待。

我想起离去的亲人,
决定有机会就多写日记。

对于陈词滥调的渴望感动我,
肤浅的回忆像快乐。

我感到幸福如感到迅猛龙经过。

外公

1.
有时图片加载得慢了一点
我以为,已经有人死去

金色可能是晚年唯一有用的色彩
也是钱的颜色

没人能独自走完这条路
远离流水的鹅卵石藏着某种虚伪

我担心除了我，还有人会后悔
我担心无糖可乐并不美

2.
而晚年，必须吵闹必须松弛的晚年
画着花脸的古人开始夸张地报到

明晃晃的黑暗里他们严肃地捉鬼
鞭子抽打隐形的马匹，唱完了阳关道

而我们欣赏马赛克的艺术
欣赏复制，欣赏可分解的不屑一顾

我们回头看银白的头顶
看到我们在婴儿车里无尽地哭

3.
回程的车上，我们厌恶二〇〇〇年的朴树
他们都老了吧？我们曾经瞒着他们爬树

后来我们折断了所有手臂
在树顶无比快乐

麻将声轰隆隆，烟雾轰轰隆隆
像漫过我们一生的瀑布

November Rain

1.

十分美丽,我和世界玩美丽的游戏
难度太低,我降解了我的手机

狗还在看着,院子里的谁
春吃荠菜,我爱的人不停搅拌

2.

那么晚上就吃云吞
云的世界里,我们永恒地吞

花从桌面上凋谢
我连喝两罐无糖可乐

3.

依然赶不走苍蝇
洗衣机,依然赶不走我们衣服上的苍蝇

冷水机里我们汗如雨下
有一种时间喝掉我们一生的感觉

注定的傍晚

衰老，不停尝试却顺从地衰老

天命靠近着我颤抖的肩膀

喝完床头的水，我还很渴

庭院失去了主人

黑白相间的鸟群开着无休的野餐会

即便收到邀请，我也会拒绝

行人不再值得在乎（太多、太多的行人）

一闭眼群星便打起了瞌睡

只有一两个词仍让我流泪

让记忆敏感而失防

像疲惫的婴儿蜷缩在天鹅绒中

声音离我而去，画面好像总重复着

门铃响了，我的来宾失去了耐心

兴致勃勃的人们还有很多话想说

曹僧的诗

/

没出息列传*

"磨踪灭迹须臾间"——［唐］卢仝《月蚀诗》

河边,轻盈的身板想要向上,
率先熟黄的李子在细枝上偏转。
树下有美人蕉,而双手要越过。
就越过,他把染膏往刘海抹。
就都变黄色的你我,还有许多
未生效的性,像天牛紧抱树干,
像瘪气的篮球落苔青的砖沟。
在小气候的风水中他追逐时尚,
在地缘的政治里他做发明家。
他编织人名使成为语言的玩具,
一串发音被记牢、竞速又牢记。
那些本地过的、被嘲讽的人,
在等量,同河边洗衣石——那
古代的长条墓碑并置进历史。

新生活的口水将他们一遍遍混，
老光棍，臭八婆，有怪癖的人，
他们洗得干净，面目的早衰
停留在各自的时代。于是他变，
没有飞黄，没有失败的惊慌，
就变，像一棵棵朽坏的酸甜树，
他长不高变成序列中的名目。

─────────

★ 注："金伢子、林生、爱梨驼背、乔孤老头、霸佬、根仔、二咎、迟生、茶梅、生如、抹嘴、冬梅、建新……"

月塘情妇列传

一个人被忽略，一个人和另一个通分。
三十出头，花欲借了小东风。
人到中年也，突然随浪子，许些山河。
卡车头内的秘闻，往复外交于姓际，
缓慢败露着，曾奋力擦拭的契约。
但无和化，就必是浪迹天涯。
此地、异地，待谣传化约进公式，
变成唯物史观里，不值得一提。
可赞力公共想象的私奔中，除却
忘忧的腥风，还理应有器官的乏困。

空转的马达搔动脊柱的痒,眼珠
拖泥带水,有景观被置顶在窗上:
层峦旱泳,遗梦亦不过另一种苦闷。
不妨补缀几片迎风翻转的绿荷,低头
弄莲子。而返回如犯规竟只一瞬。
罚下巨款的二胎,重又刷新小生活。

朋友圈的患癌青年列传

昔年旧情,尾随南下北上的人癣,
转战朋友圈。适时复制的祝福,
也曾令各路人选,重返少年。
看你我两分隔,共一片大好页面,
沪上、东莞,绘祖国山河画卷。
恍如昨,乡野上弄潮的摩托儿,
转出田波稻浪,氽沸腾的流水线。
成功学引渡安装指南,功不
唐捐,正能量加载给电动滑板,
给城区奔命的中产。静态照片里,
仿佛新兴市场藏有你。好青年,
卖力干,来年爆竹声声做老板,
造天造地造儿孙,造点赞连连。
但信念总挥霍油门,总迟缓。

是引路还是乱入,是坎还是偶然?
稍息变质钱,人情已用众筹慢。
你刷屏谢语转,转生命的乐观面。

张存己的诗

/

反化学家

有一次我们一起烧镁条

在倒锥形的水塔下

一个人从塑料糖盒里

小心地倒出了当晚的主角

那是一小截灰暗的箔片

上面有些淡黄的块斑

在打火机的颤抖中

散发着橘色的光泽

忽亮忽灭地

像一段刚刚开篇的诉说

像家庭

一小群人在煤气灯下彼此相爱……

但转瞬之间

炽烈的白光便夺路而出

撕破水塔的怪影

然后匀速爬升

当它终于熄灭

我的视野里就只剩一道道

红绿相间的瘢痕

它们持久地盘桓着

就像晴朗的夏季黄昏

飞机划过天空，留下长长的亮线

许多年后我仍常想起

那场快意的燃烧

我想视觉其实只是触觉的延伸

只是为了让我们理解

那些不确定的事物

是如何确实地存在

当我在一个冬夜

面对霜凛的大星

我想是黑夜孕育了发光之物

且被它们忠实地守卫

在迷乱的幸福中

它们做着朝向永恒的环形运动

令我想到自己有天也会

在抵达前不明不白地消失

就像一个被歉意缠绕的人

在昏睡的列车上感觉自己在前进时

也同样感觉到了属于他的

那一点微小的安慰

下午的一出戏（三）

为文东新婚而作

在我们的家乡那边

结婚从来不是一件麻烦事

只要女家肯先来踩门风

男方父母便可顺理成章地回访

能提亲当然抓紧提

好早些找神明问定吉日

备下烟茶糖，爆竹和饼干

各样都凑成六的倍数

另附四百张起步的现钞

齐齐整整地拿红纸包了

等订婚当天，烟味、酒味、

硫黄味和熏肉味扰动四邻的时候

大家努力醉饱一场

事就这样成了

如此这般的流程

我们也格外顺利地走了一遭

"春节里每天都是好日子"

神明是绝不骗人的

从此以后，照家乡的规矩

就是做了正式的夫妻

至于领结婚证

反而显得没那么重要

有些费神的倒是未来的

住处：租在哪儿？租多大？

有了小朋友呢？小朋友要上学呢？

小朋友又在哪儿

已经在路上了吗？

这是我们回上海前的一日

隔着一层层青翠的瓦房

老人家慢慢聚拢在庙口的戏台下

台上唱着一出说不出名字的戏

我们走在茶田旁的小路上

悄悄绕开他们，去完成我们

在这里的最后一个心愿：

那位知晓时日的神明

我们历代信奉的柔懿夫人

在许多世纪以前

便住进了我们家门前的娘娘庙

我们正是要去向她拜别

在插满鲜花的凤冠下

她看着我们长大

东风怎样压倒西风

文章结句是"秦师遂东"。林琴南老先生评曰:"东字响极!"倘若是晋国出兵攻秦,向西打,西字就没东字响了。那怎么办?

——金克木《重读崤之战》

燕都定鼎以来,达士闻人,凡名
"东"者,类多显于当世。
如以"西"为号,则胙每不竞。
我朝以辩证唯物主义立国,然
幽明之故,非所敢论也,犹非
所敢无论也。天道悠悠,
仰梁以思,可胜浩叹!

尝试论之:自庙讳以下,余承东
由战狼显,何润东用智力名。若夫
吾党昆仲刘强东,招财进宝,
忠义无双。有谁不想生个女儿
然后嫁给他?

西之遭际,常致人酸恻。
吴冷西、石西民之流,其着议论说
足动一时观听,蹭蹬仕途,未克

有济。丁西林托庇北大物理系
幸而免焉，竟不得及身亲见
所谓"春天的故事"。若魏则西，
下场尤不堪问矣。

古者帝王陈大旅于东岳，鲁郊
西狩，而尼父绝笔。日没于西，
日暮里，丧乱地也。乃今泰西末造，
邪说暴行有作，我固得以东方红
制彼死命。然则效于天齐者
固无异于地齐，国命人命，其应
唯一。运乎！运乎！

灵丘王氏＊驳曰：凡说人事，固不当
以禄胙应塞。我国先民早已发现
"ha"气热而"fu"气凉，
东西亦尔。东之盛也以热：
以翻，以覆，炙手而热。实至
而名亦随之。诸西但解弄笔杆，
佗亦何知？是故闲习现代热力学，
足破夸夫謣说。余既拜嘉，因是
书此，以为父母取名者戒。

―――――――――

＊灵丘王氏，源出琅琊。自东徂西，橘化为枳。悲夫！

息为的诗

/

厨房

没有门,温度微微抬高的空间
可以把心压得很低,低至
冰箱的底层,并置的番薯间
触到一扇黄色的门。食物背后
隐匿的那条窄道,旋转在热锅上,
以及刀尖。这也是生活,也会
驯良地领我们,去到另一些事件:
生于油盐青皂角,兼事小排酸酱汁
噪音粗疏,徐徐擦拭每一处角落——
囿于此,天天也是恩赐的节日。
而笑语限定在别处,门的那边
他们嘲弄生活中的自己,看不见
滴水的白盘,疲惫的手已收回影子。

冬日松林

水珠跨在松针间,光便无法驶过
百叶窗抵达我,也无法像往常一样,
赋给桌角的物什一件惊奇的牢笼:
我在里头,并不比在外头潜得更深,
词里没有船,而学海无涯苦作舟。
屋后的松林也会厌倦吗?厌倦
洁白的日光以及头顶,这片空旷的
蓝——永恒的纯净,在每一个
熟睡的雨夜刺痛他们⋯⋯无人知晓
他们曾在怎样的嘶号中拉扯出
碧色的针芒。当虚浮的宁静又临到
清晨车站,未完的好梦还挂在
笼中,你听见熟悉而温暖的乐音:
纷乱的骨节敲响了松针坟场。

信

秋已深了,寄出的信件会抵达吗?
剩余的白纸摆在桌面——无声的燕子,
无数锋利的切面,将肢解这扇敞开的窗,
肢解那曾经执笔的人。信使总要来的,

来拨响属于春日的圆环车铃,这巴别塔
不老的守卫,会在茂密的声响中认出他,
递给在书房因等待而忙碌的我们。
你起身踱步,任由书页在身旁翻飞,
词形跃入褶皱的信纸,它们已是那么地
旧,你却欣喜于再次捋平彼岸的回音。
而笔尖已在某处踏紧了油门,房间
急旋着皱缩,拥挤的墨渍被一一抹净:
唯余我仍手握苍白的纸券,边角
被轻轻拓上了那枚空心的圆圈。

迟到的新年颂诗
——赠马程

如同我们在唱碟中等到了预知的
Bonus,岁末的彩蛋一经放出,
寒风便不再能轻易地将我们拾起,
扔给赤条条的生活。我们不断钻进
那些温暖的盒子,借酒精温习着
将到的春日:噪声轻轻敲击闪烁的
杯盏,清扫着我们,连同心底那些
积灰的台阶。我问候你的暹罗,问候
他玻璃弹珠的眼睛,你只是笑笑,
觉得有时与猫说话比与人说更容易;
我则谈起那些发黄的纸张,谈起它们

为我堆积的沙漠，在搁浅的危险中
不敢朝你呼救；而祖国的星宿在眼前
光彩灼灼，你我却永远怯弱。
欢愉的乙烯在室内弥散又凝固，
等我们再度青涩地踏出，新叶已然
挂满梧桐——
自然有自然的慷慨，而我们仍旧贫穷，
可以让步的其实已不剩太多。

观

微光早已擦拭过，使所及之处趋近
纯白。透明如一盏蝉蜕，剥落——
旷日巡回就在这椭圆凹槽中上演：
铜管声声，万物正着上辉煌的羽袍，
我们搜求着每一丝蛊惑，只待把自身
交付樊笼，在枷锁中赞唱自由与圣光。
待世界趋暗，赋形的命题沦为虚妄，
铜管在交汇中熔融，直至哑光的油液
渗出猎人的沉稳，直至金的哨音
蓦然穿透我们，直至一行
由荧屏射出的字句也逐　渐　衰　微
而诗不过是一颗轻盈的壳子，
满覆灰尘，悬荡于上帝之外，
谋算着取消眼睛的把戏……

木手的诗

/

做狗指南

"Maybe but you gonna never see."
——Dear Louis

一

凌晨两点的时候,我对你说我绝对不会做你的狗。
说完我就后悔了,没有一丝挣扎和犹豫,就仿佛
做狗真的能让我快乐。你说我不该犯第二次错误,
十年前我就应该狺狺两声,再干净利落地摇尾乞怜。
但现在或许还不晚,从活着开始,思考一年该怎么活。
做人还是做狗,抑或者人狗同归,无须满月也可变身?
我是不懂啊,七个时差后的伦敦月亮是否更加柔软?
带骨的双手又该留多长的指甲?掐到青或者紫,
色彩的区别有什么讲究?回答不了,所以我决计
只能做狗。幸好她依然夸赞我是条很好的狗,不像
文科博士,仍然徒劳地想要做人。七年伪女权,
效果和七年之痒差不多,都可以让大学毕业生

迅速分手。分就分了呗,"女权主义我是领教过了"!
做人难,这个不能得罪,那个需要跪舔,还不如
就干脆做狗。跪得更好,舔得更欢,还能叫唤助兴。
也算是掌握了一门手艺,这文科博士没有白读!
老怀甚慰,站在13楼俯视铁轨也能看到时代的兴衰。
了不起啊,连她也夸我是"狗里的好人"。可笑至极,
真当我不看群?我可每天都读沪语版的《做狗指南》。

二

屠狗辈,负心人,所以更高级的应该是要做"辈"。
杀狗不用见血,动动嘴皮子就可以了。狗语和人话,
都当不得真。"我只爱你一个人",你得听出这只是
对物品宣示主权。还不如直白地讲,"我不准别的男人
碰你",这才是追求上进的狗作人言。真假难辨,
人狗有别,只要听得舒坦,就已经是世间至乐。
万一哪天你肯叫我一声爸爸,那真是八辈子修来的福分。
好嘛,乖宝宝,今天我们做人,不做狗宝宝。
行吧,和你聊天真开心,可我只想和你做普通朋友。
荣幸之至啊,今天我也算读过了110开头的《做狗指南》。

三

狗的理想型是什么?诗人、酒鬼、烟民和舞蹈家,或者
格拉纳达的爵士乐手,丰腴的红裙子,乳贴以及豹纹吊带。
"煊赫门的滤嘴裹糖浆,或者发明冰糖爆珠系列",效果
都一样,都是甜味烟草,那是可以跪下来好好舔的美好的甜。

你问我是不是爱她？不啊，那只是卑贱的朋友之爱。
好的吧，你的手臂和藕一样白。可苗头好像不太对，
狗不喜欢吃藕。狗只想和男人一样拉上窗帘，睡到天昏地暗。
男人是狗，女人是猫，中间选项才是做人。要做人，
就得做夹心人，猫狗统统看不起你，不累才怪咧。
烟雾弥漫，我看见羞得通红的静安寺。别再玩什么从良的
把戏了，天生缺爱，就快点读《做狗指南》并背诵全文。

养狗问题

"You have too much romantics, you shouldn't waste it."
——Dear Louis

在巴音郭楞等着吃洋葱丸子的时候，
我满脑子都是你。我说我是渣滓，
你宽慰我说渣也是天赋，不该浪费。
酒喝完，就再也不抽烟了吧，抽一支
舌头就好疼。或者磨杯咖啡，泡一泡
舌头就不疼了。一想到明天还要背锅，
就气得加入了早睡早起乖宝宝小分队。

应该快乐的十二月并不大乐，阴雨连绵，
太多忌口，还有学长桌子底下偷偷摸手。
那就不理他了，我们这就去巴音郭楞。

想嫁入巴州，可蒙古大汉你扛得住吗？
是不是气味很大，可能会下不去嘴？
说不清楚啊，只有试过了才知道吧。
但想想清炖羊肉和大盘鸡加面，夫复何求？

去巴州前，先温习《战争与和平》。
三侠五义，鸳鸯主义，不加冰主义，
投名状主义，俞敏红主义，哪种义气
是你要的？想来天经地义，或许这样
真的不好。我喜欢你呀，可你为什么
不和男朋友分手？五指并拢，指甲油
也该重新涂了。露出脚踝，大冬天
你真的不冷吗？娶了嫂子，嫂子投井，
刘关张也还是兄弟。

隔一个小时，赏我一个"嗯"。
"要睡了"，就该自觉说晚安。
还有早锻要刷*，所以吃不吃早饭，
也与你无关。可越是这样，
我就越想养狗。不是人，犬，猫，
我只想养一条狗。如果我是张存己，
就不必这样辛苦。有天下唯一的
好名字，你应该就会正眼看我一次。
这种时候，我就有一点理解他了，
下辈子投胎，我一定选物理，变聪明。

──────────

★ 一些大学里要求学生每学期要完成的早晨锻炼，并且刷学生卡。

洛盏的诗

/

默契

在抵达最初的默契之前,
我与言辞,经历过笨拙而残酷的对峙。

好比老电影里的线列步兵,
衣着鲜艳,肩并肩,迎着子弹
互相射击;腾起又散去的烟雾中,
装填弹药的动作漫长而滑稽,
捣实、压紧、开火,有人倒下
立刻又有人填满他的空隙

而在远离战场的地方,
有一座生产铅弹的、安静的
高塔;铅水从高处滴下,
在空中自然形成圆形,
淬火、冷却,偶尔闪烁的火花。

拾音器

当我学会第五种和弦,
父亲笑着对我说:"是时候了,
你需要一枚拾音器。"
说完递给我那件白色的盘状物,
但我当时并没有在意。

昼夜不停地弹奏。
那时候,我年轻的音符,就像
第一缕阳光,戳在原野上,里面
有一座燃烧的托斯卡纳式立柱
和一百罐洇开的蜂蜜。
——我不需要拾音器。

但有一天,我的声音抽搐,
仿佛笨重的破冰船犁动幽暗的冰层,
(也许我确实触及了冰层)
我找出了那枚拾音器,
但说明书不见了。
当我终于找到说明书,
一根滑稽的导线又不见了,
也许还有一个转接头、精致的按钮。

当我终于把它安装到位，
期待着甜蜜湿润的音符，
小心地拨动琴弦——一片空白、
些许微弱而杂乱的装饰音
仿佛父亲的摩托在雨天点火的声音。

后来我终于调试完成，
但父亲已经离开了我，
被抛掷到更陌生更漫长的调试中；
只有他的头盔还挂在墙上，
试图恢复粗重的喘息。

于是我剪断导线，让一切重新开始。

厨房里的瑟隆尼斯·蒙克

"公寓里的大部分空间都被那架钢琴占据了，它挤在烹饪区中，仿佛一件厨具，它弹琴时背后离炉子那么近，看上去就像随时会着火……在他因私藏毒品被捕，丢掉演出执照之后，那个房间几乎就是他唯一弹琴的地方。"

——杰夫·戴尔《然而，很美》

手指碰触琴键，

仿佛栗树的叶子旋转着落下，
茎脉先着地。在厨房中，
他像野鸭梳理着自己的羽毛。

只用片刻，他就成为
自己的篝火。蜷坐在琴前，
像靠近火苗的丝绒，
又仿佛杯子在自己的水渍中。

琴声是一枚跳针的唱片
他用身体填满其中的空隙。
他是一个执拗的火盆，
掖藏在虚空的被褥之下。

劳作如此具体而刺眼，
每一戳击触都有实在的窘窄；
他感到自己正被熨烫，
但没有被灼伤；

如同望远镜被倒转使用，
晦暗的景深涌到表面，成为表面：
一座仅由装饰部分造成的桥；
然后安然于均匀分布的黑白的宁静。

然而必须面对巡警的手电，

面对金属汤匙敲打在
玻璃杯的边缘,以及梦里涌来的
带刺的藤蔓;然后再次返回这里,

一把甘甜的椅子上紫色的落座声。
"他的声音像微风在寻找风。
沉默像灰尘一样落在他身上,
他走进自己的深处,再也没有出来。"

迫降

因为钉子没有钉牢,挂钟像熟透的梨子从墙上掉下来,之后它就变得慢吞吞的,换了新电池也不行。它不紧不慢,偶尔还顿一下,像是对什么产生了怀疑。
而我的手表,运动型,表身有过于分明的棱角,我能感觉到它随时准备加速的心跳,听得见它内部野蜂热切的嗡鸣。挂钟坏掉后,它夸饰的荧光就黯淡了,曾经猛烈的火焰,像渐冷的莲花,我知道它在表达不屑。

它们之间的缝隙越来越大,五分钟、十分钟、一小时……房间像瘟疫一样扩展,从我的方向去看挂钟,仿佛透过倒着的望远镜所成的像,于是,我的手表释放出一缕蛛丝,试探着黏住挂钟的表盘。瞬间,它就如健身房里的弹力带一般柔韧了。

第二缕，第三缕……终于，一只抽象的吊床成型了，在我的房间，惬意又安全的样子。我躺上去，它的纤维质感，像在给时间分类："永恒"是蝴蝶，奇怪地循着直线飞，一阵阵只准向前的痛楚；"年"的方桌背叛了透视法，四只季节的脚像章鱼一样摊开在一个平面；"天"是床下窸窣的海草，舔着我的脚；更多的小时聚拢过来，围着床盘腿坐着，屏住呼吸，好像等待被使用，又像因为什么空难迫降于此。

都怪我大意了。挂钟在一个最深的迟疑之后，开始疯狂的反向旋转，吊床被撕裂成崩卷的弹簧。我像黄色的豌豆，迸出开裂的豆荚。我叫喊，但没有声音。我跌入深渊。

有雨。雨的坠速比我快，以至于我感觉自己在上升。但过了一会儿，可能得力于手表，我开始加速，雨水反而像在上升。

我终于可以踩在雨滴上面了，一种失重的晕眩。雨线删除了言语，而留下数字：一串串追光灯般的零。我终于看见深渊的底部了，那里有散落一地的时间，像蝴蝶的具翅，又仿佛不成副的纸牌。

徐萧的诗

/

重要的时刻

雨丝绵密,风声啜嚅。地铁从一端
插入城市深处。在规定的时间,喘息,
并且面红耳赤。

这个秋日早晨,一切都有些
偏离。雾气还未起,
有些人就已经迷失方向。我也是。
我甚至有些癫狂:
仿佛我在南方,也在北方;
在城市,也在乡野。
大街上每个人都在欢欣鼓舞,
患者与癌细胞一同喜极而泣,
婴儿在子宫里雀跃,
被强奸的女孩在被撕裂的一瞬,
"热烈鼓掌,起立,在热情洋溢的气氛中
持续数分钟地欢呼——"

我看不到一个母亲、父亲和儿子,

也看不到诗人、律师、有钱人、劳改犯，
通讯录的名字一夜之间全部消失——
还有两个，来自奥地利的 Adolf
和来自俄国的 Vissarionovich。

他们一起向我祝贺：
"多么伟大，一个崭新的时代正在来临！"

崭新，而又似曾相识，
似乎我短暂的生命里，
已经反复咀嚼过这些场景。

毫无疑问，是我自己出了问题。
所以必须伪装：
抬头挺胸，坚定步伐，热情洋溢地微笑，
然后在走进高安路17号办公楼的一瞬，
双手竟先于意识，加入众人，
鼓起掌来——

情不自禁地、真心实意地。

《白云工厂》笺注

1.

牙齿成为判断的标准。锋利的不仅是云，还有被撕咬过的记忆。

纤维和蛋白质在此纠合，如同男人和女人第一次被区分，如同他们的器官第一次揳入彼此。时间因此有了立场。

2.
当时间从野生，转变成被驯养之态，首先做出反应的是人类之外的事物。神明无处安身，他们退散为我不曾述及的吞咽动作。

3.
碎片。具有代表意义的，必为最普通的一个。

4.
通过对引起注意（面向文本之外）之手段的抛弃，动作被安置于回归的场景之中。它们曾经以偏离习见的形式，生产暴戾。这种更新，虽然更加可感，使各种体验自我警觉。就好像镜片上的斑点，对观察者施加影响，尽管它未曾改变被知觉的对象。然而，不断累加的粗暴，以及其必然带来的遮蔽，促使其在某个节点被擦拭殆尽。除了对效果的追索，责任心也帮助完成对偏离的撬除。

5.
鞭子对应岩石，而非马。生长对应驱赶，而非愉悦。这不构成对"回归"的背叛，也不是对"普通"的消解。只是文本的丰富性，呼唤一种古典的修辞：互文。*

6.
反复申引被提放到一块开阔之地。作为对暧昧的稀释，不是对误读的妥协。相反，它赋予误读介入结构的可能。

7.
长诗最大敌人的是结构的缺席。而诗（文学）的失败，在于无法唤起"注意"。前者充满了对后者的敬意：结构以注意的意志行动。和"误读"成为装置一样，它们不是在尊重读者的意义上被引入（这种尊重的景象只是一种意外）。

8.
关于资源。给定其速度和复杂性，应被视为常识。例如，抽取菜谱的静止形态和实用功能。

9.
你的声音的尺度，应该成为所有声音的尺度。普通名词，因为被选取的时机，和被放置的场所，而在另外的意义上复苏。

10.
升华的词语（个体的，而非囊括集体记忆），是意识背后的精怪。它们会惊怖绵密之境：纸上偶尔出现的草秆。这时就有必要设置一种平舌音，任其制造的滞涩，在节奏的椭圆上震动。

11.
一个诗人不能促使另一个诗人成长，但能带来不确定性。整个二十世纪的创制，都围绕着这一假设。

12.
如果说影响，也是事物多过人。

13.

用试管或药剂瓶盛放一种微缩景观：植物的根部。用水或者城市折射日光，用阴霾对照鱼吻。此时，试管、水和阴霾成了容器。

14.

很明显，橘子性格柔和，易参与，不制造过分亲昵或冷漠的场。这些说明帮助我们发掘其盛放的事件，以及为何被选择盛放，即优先权如何被确定。

15.

深刻像因成熟而坠落的果实，并非缘于阐释。诗人的全部失败都可归结于此：企图说出智慧，而不是拾取它们。因此，必须将创作写作视为重新走向众人的方式。

16.

建筑的坚固和稳定，依靠材料的性质，不如依靠建造它的方式。

17.

景况不会自动来到门前，它们需要见证人敲碎词语之间的引力。必须指出两种错误的呈现：牢记秩序和以句号完成句子。虽然反对以真实骇人，但得承认：真实，最能造就词语彼此的撕咬。可如果仅仅满足于此，诗人该在哪个层面上搭建痛苦，更别提美丽的痛苦。

★ 打开迷宫的钥匙悬置于《关于中国的二十三个想象》。

肖水的诗

/

博尔赫斯

我进来了,门口这一桌。我这次坐在了你坐的位置上,
我看见自己坐过的地方,空空。那么多人

爱你。可能复杂的故事里,都没有特别好的人。
爱的外衣鲜艳如云,河面的木舟是一九九五年的火车。

乌米饭

他们从未见过面。那年下了大雪,他决定和一大群人去大报恩寺跨年。
读秒的灯光闪得很快,时间似乎是随着叫喊,从人们身体里瞬间就跳
　　脱出来。
然后,他慢慢走到秦淮河边去。对岸的树枝压在水面上,水波皱皱的。
夜出的翠鸟,像再一次击中护栏的碎石。他给他写信:南京很近,也很远。

嘉年华

需要借一段波浪,
腾跃到小说扉页的括号里去。

只有少数人的人生,有两次,
一次在南京,一次在广州。

南岭故事集

侍郎坦
船离开主航道。两岸现出峭壁,浓重的雾气不断压在
逐渐黯淡下来的光线上。他脱下帽子,扔在锈迹斑斑的船头。
水边都是新竹,悠长的绿影,仿佛很快就能斜荡到对岸去。
他捧着骨灰盒,无心于前方的摩崖石刻,也不想在水中停下来。

中山院
手机的照片里,他看见自己确实赤裸上身,倚在门口。
防盗门连着漆绿的木门,福字倒贴,黑伞钩挂,远处电风扇狂乱的
扇叶让他回复晕眩。但他完全想不起是在葬礼上遇到她。他被堵在电梯,
肩上深深的五处牙印,在被拉下领口时,才第一次感到钻心地痛。

炸药工厂

最后他还是没有毕业。在外滚打了两年,回到家乡。

他再没和她联系过,更换一切,彻底消失。一年后他才重新出去工作,平平淡淡到现在。那晚和同事打完球赛在路边吃夜宵,忽然接到她的信息。他愣愣地站起来。头顶烟囱里滚出来的烟,带着一点又脏又旧的黄。

涌泉门

那年冰灾封城,停水停电半月,他在乡下却过得自在。

他和朋友从山上抬回饿得奄奄一息的野猪,割成多份,先请祖先享用,再翻山越岭,送往城里。行道树都从中折断,人们在路边烧起火堆取暖。走过她家楼下,他停下来看了看。窗台上的蜡梅,刚吐出一个个芽苞。

乌石矶

毛豆搓洗干净,剪去两角,想起没有准备姜丝。

在厨房,远远地就能看到中学操场。她下楼时,故意放慢了脚步。至少在形式上,它还是椭圆的。在适当的时刻,它长满杂草,也像一面镜子。她记得,多年前昏暗的灯光在任何人身上,都有些崎岖不平。

阳山关

那次祖母病重,我千里迢迢赶回去。她被扶起靠在床头,青衣红裤,白发一丝不苟。但手是软绵绵的,留下不少针孔。她偷偷嘱咐我千万要去

找巫师帮她喊魂。当晚寒冷异常,我在瑶人的寨子里,看见繁星满天,火把上的火星随着山巅的风,滚落到峡谷里,似乎很快就要到我祖母的面前。

正一街

绕着公园里不大的湖走了一夜,临别,她约他六点再一起去吃米饺。

那家老字号就在海棠井边上,清晨火辣的太阳,散成井沿下的粼粼波光。

她几乎不吃,数着汤里的葱花,把鼓出来的肉馅往回填。店里满是早
  起的老人,

稠密,化开得很慢。嘈杂声里,听到她说:我怕再也遇不到对我这么
  好的人。

手工联社

门外竟是十几年未见的她。她说终于打听到地址,顺便来看看。

母亲不在,请她进屋,不肯,只是反复探头往里面看。她说弄得那么漂亮,

不要弄脏了。几天后在新闻里,我再次看到那双在大理石门槛上磨蹭
  的布鞋。

洪水已冲过了堤坝,她忽然停住,说要返回家里取一下晚饭要用的高
  压锅。

湘粤古道

八岁那年清明,父亲独自回老家扫墓,他扒住车门,大哭不止。

抬着祭奠的人群在山中蜿蜒而行,鞭炮在映山红的花团里炸裂。坟头
  都堆起草皮,插上挂着纸钱的竹枝。他想起失明的五爹爹还会摸索着去
  给早夭的儿女扫墓。竹笋破土而出,山雨有时候一下就是一个下午。

骆氏宗祠

他母亲早年是湘昆艺人,练得辛苦,生他的前几天还在吊嗓子。

但他未见过父亲。有一出戏说是阎婆惜死后,她的鬼魂不忘旧情,

便到张三郎家里,将他捉进阴间,以求团圆。那天他母亲忽然纵身跳下戏台,人们才知她肚子里有了他。彼时武生正空翻,锣声清脆、鼓声咚咚。

第二辑 评论

可能的"奇异"和"奇异"的可能
——简评刘亦奇的诗[1]

洛盏

初读刘亦奇的诗歌,很难不被其强烈的形式自觉所吸引。亦奇这一代诗人天生有一副杂食的好胃口,能够轻松地吞噬并消化众多诗学资源,诸如赋格、复调、手册、入门,这些看似浓墨重彩的诗学方法被信手拈来用作装饰花纹。《"农忙与丰收"手册》《赋格与复调》这两首诗歌的形式意味尤其明显,看起来满布褶皱、应有尽有,暗布各种语言的"倒刺";与之相应的是一种"气喘吁吁"的、充满摩擦和诙谐的语气,诗人似乎并不打算在诗句结尾处悬停稳当。这些诗让我想起一位我喜欢的鼓手,基斯·穆恩。"这对韵律恰当停顿的挑战,这对容纳更多意象的渴望,被叫作跨行连续。"詹姆斯·伍德曾用"跨行连续"这一诗学术语形容穆恩打鼓的风格:"是一种我一直想写出来却总也不能自信写好的句法:它是一段长长的激流,形式上有所掌控而又有狂欢的凌乱,滚滚向前推动也能随性分心旁逸,盛装出席却顶着一头乱发,小心周到同时无法无天,青红是非混为一谈。这样的句子像是一场越狱,一场逃离。"而亦奇正是这样一位擅长跨行连续、

---

[1] 本文刊于《诗林》,2019年第12期。

小心周到同时无法无天的诗人,同时具备蓬勃的野性和形式的智性。更难能可贵的是,亦奇的诗处理的经验也堪称奇,对于打游戏、唱K、写论文等校园经验可能会被某些评论家认为不食人间烟火不够底层,但亦奇用自信而诙谐的语言形态,以及肉眼可见的、詹姆斯·伍德所谓的"文学能力",将这些经验赋予诗的光环:其实经验本不该有高下之分。

但在驳杂、凌乱的活力迸发之余,亦奇有些诗句的诗意并不能持续,就像未燃尽的煤球,被置于寒冷的空气中,会过快地冷却下来,究其原因,可能是因为亦奇驳杂的语言形态貌似富含经验,但似乎仍然缺乏足够的经验温度和后坐力,更像是经过风格和修辞精心过滤的产物。比如,《赋格和复调》一诗对于"赋格"和"复调"的使用还是过于轻巧。众所周知,诸如策兰的《死亡赋格》,或巴赫金对复调的描述,从来不是止于形式风格,而是指向更坚实开阔的意义。亦奇使用这些诗学资源时有些"脱序",更多着眼于修辞技巧。在此,我想援引哈罗德·布鲁姆在《影响的剖析》一书中引用欧文·巴尔菲德的一段美妙言辞:"奇异性(strangeness)并不与惊叹(wonder)相连,因为后者指的是我们对自己知道得不太明了的事物的态度,或者说至少是我们意识到比以前认为的要更晦涩的事物。而美中的奇异性因素则有相反的效果。它来自我们与不同意识的接触,不同但并非遥不可及,"接触"一词表达的就是这个意思。我们不懂的奇异性只能让我们惊叹,而我们理解的奇异性,就能赋予我们审美想象。"亦奇的诗句,同样存在着沦为"彻底的吊诡"的危险,尽管这种晦涩难解的吊诡会引发读者,尤其是对诗不太明了的读者的"惊叹",但起初的惊叹如何能经诗人的处理,激发"意识的极大扩展",并"变幻为富于想象力的理解",这是对亦奇最实在的考验。

而在我更喜欢的《通关〈牧场物语〉》和《日出冲浪入门》这两

首诗中，亦奇展现了别样的"奇异性"。《日出冲浪入门》有一个"臧棣式"的题目，但并没有进行细微的词语切分和拉伸，而是指向回忆与等待带来的词语的"重力"；《通关〈牧场物语〉》更是从"不同但并非遥不可及"的事物出发，让我们得以跟随诗作接触到爱的奇异性:

> 没温好的甜牛奶挂着水珠
> 教会我一种难以加上定语的爱
> 重踩细沙时的晕眩，让我
> 忘了劳作的辛苦需要头顶承担

如果说，对语言的技巧性征用导致了形式的吊诡，"没温好的甜牛奶"这个切身而和煦的隐喻则更能赋予我们审美想象和对爱的体认。这两种不同的奇异在亦奇的诗句中颉颃，让我们领会写诗的难度和限度，也让我们懂得，诗歌同时是一种神秘主义和一种神秘主义入门，值得我们进行全部的非神秘主义的努力。

含糊一颤的虚晃
——读周乐天近作

李尤台[1]

    好诗人的灵感往往做着去而复返的运动,但他的思维应该有块阵地可以坚守,甚至不惜坚壁清野,刻意保留孤独。这也差不多是本雅明的意思,他认为思想扼杀灵感,风格束缚思想,文本回馈风格。最近几年,我们都感觉"阵地"是个越来越艰难的词语。灵感于诗人,本意是个飘忽的东西,但我们都或多或少感觉到,现实世界以其庞大的飘忽实在碾压了我们的灵感。一九九一年春晚,姜育恒唱火了一首《再回首》,再回首,发现背影远走,泪眼朦胧。我是觉得,我们现在如果回首看看,估计觉到更多是不可思议的乏力。我们回忆很多事情,生活与世界的剧变,发现不过回首了几个月而已。我们已经没有能力好好回首个两三年的时间了,事情太多了,剧变太频繁。几年前知乎是热门,后来衍生出众多营销号。那些人使用着一套煽动性的语言编故事、讲逻辑,用力折腾着人民的大脑。嫌文字不够冲击,读起来眼倦,后来又整一堆奇葩在网上辩论。每期设置辩题,等于有个牢固抓手,大侃特侃,大受欢迎。再后来自媒体、短视频,渗透我们生活的方方面面。我们每天就刷它们,这个软件那个软件,这些文字那些视频各种图片。

---

[1] 李尤台,1998年生,毕业于上海财经大学,现居上海。

抛开社会新闻和非法传销不论，这些我们天天刷来刷去的东西，它们每天在一种可怕的量级水平上生产，而且一直都很迷人。它们是如此善于发现、挖掘人民生活的所有主题：衣食住行、婚丧嫁娶、职场攻略、原生家庭、邻里关系、女性主义……回到诗人，诗人往往被视作语言的工作者，那么不妨与这些"正牌"的生产文案与剧本的、语言的工人阶级做番比试：柏拉图曾号召将诗人逐出理想国，理由是诗歌以诱人的话语令人迷失。谁更配得上这一罪状？

我们很清楚辩论的做法：在众多说辞中，找一条切中的软肋，随后丰富论据，羊肠小道变幻出昏天黑地，听者痴迷而信服。加上两边针锋相对地碰撞，更是让人在激动与困惑的旋转中享受其中。微信公众号则奋力开拓当代生活的题材，它们也确实做出了一些硬碰硬的现实主义爆款好文。教人深觉其然，迅速遗忘又不知其所以然了。而这样的感觉，似乎又很像是一首好诗应该带给读者的感觉，那样莫名……

去年十一月某天，我和周乐天在上海东南角的某大学里逛。校园靠海，许多建筑极富特色，风景好看。周乐天忽问我此学校有没有诗社，我说应该没吧，他随即表达庆幸。我说你展开讲讲，乐天微笑：要是这么多好风景全被诗人们以某某指南为题一网打尽了，那该多糟蹋。我一想对啊，我一下想到某些活生生的地名在脑海里至今还和以那些地名为题的烂诗们撕扯在一起，当即深表赞同。我们回去当晚，他给我发来一首新作：

> 小弟，你要记住以上四人
> 就如喝了半罐海秋风。
> 抖落两套冲锋衣
> 在两辆共享单车上，
> 然后一并快速弃置！
> 洋房外的花园，长出

> 一株黑铁色的巨石。
> 　好像，就似……
> 欲将气象飞机清晰的飞行
> 一节节冲散，回炉重制。
>
> ——《慈航》

我一看，这写的不就是我们去的地方嘛，心里觉得好笑。从头到尾读，一下子根本读不完，因为实在太好笑。用老掉牙的话说，有陌生化惊异感。

> 　……思修女教师
> 曾在百人面前宣誓：
> "临港这地方，无人可骗！"
> 　我冥思他那一刻在干甚……
> 右膝被海胆似的植物
> 蜇了一下。温缓、小咧，
> 他透过六边形的无框眼镜
> 望向枯荷边缘的白羽芦苇，
> 被挑抚得，多露了一对虎牙。
> 　才大一，甚都不太懂……
> 却在高二就见识过，
> 更高学府光彩惑人的表面；
> 核心隐匿，风车不息。
> 五角场啊，小兄弟你
> 真该听我一言。那块太
> 燥热，人多狗也闹腾。
>
> ——《慈航》

周乐天处理现实事件的笔法呈现出一种摇曳多姿的局面：他既不像很多诗人热衷于在某行某句完成一次"彻底的洞察"，以提供给读者打动；也不精雕细琢修辞，下苦功夫炼字。在《慈航》中，他处理每个细节无一不是硬碰硬地写，却从不低下身子邀请读者的"明白"。诗的成形酣畅淋漓，如瀑布般直接疏浚着读者的"会心"。而这些恰恰以细节难能还原成现实的晦涩为路径。换言之，晦涩感弥补了细节真实的内容，挤压着幽默与暧昧的反讽，向外喷涌。喷涌与暧昧间又营构了白马非马的内部政治，把人一头雾水地牢牢迷住。

> 田园于校，鸭声不止。
> 老实的甘肃小兄弟
> 憨憨欺我：分辨哪只
> 是网红，就喊"咕咕！"
> 重拍他的右肩我笑，
> 更熟络了。
>
> ——《慈航》

> 民国的巨锚，盛世的
> 吊机，都物质如航线那般
> 安稳。刷刷地区日报。
> 审美不可抗拒地稳增……
> 最高言辞也风骨十分！
> 还需我们做甚呢，就地
> 把气撒向一个宝岛人。
> 他活脱像我十岁的叔叔，
> 热爱参赛、搭讪，计较
> 那些他能够争取成功的。

> 好小伙……你，就要
> 挡不住历史最彻人的波峰了。
> 我会注视，窥探，那团
> 碧蓝的盐水之中都是什么鸟鱼。
>
> ——《慈航》

周乐天用语言变幻出坚硬的雾水，内在相当矛盾。我沉浸享受他语言别致的快感之余，发觉诗行推进的犹豫感更是呈现咄咄逼人态势。周乐天真是一位善于暧昧的语言艺术家，他一边不断地予"甘肃小兄弟"以殷切指点、予"宝岛人"以热切调侃，一边又夹带诸多回忆、政治历史话题与即景的东拉西扯，啰里啰嗦，难辨其中脉络。教人总觉得叙事主体言不由衷，有真正想说的话却憋着。临到结尾，又"一节节冲散，回炉重制"，根本在玩人嘛！

按照这个逻辑推进，看来周乐天是位不太靠谱的诗人，他在读者这里的信用可能已经透支。我们再来看看其他典型的周氏犹豫句：

> 想必是，分流仍需，裂地而出的胆识。
>
> ——《虬江宣言》

> ……（隐晦的技巧给了
> 我们更多聚焦的可能，比如即将跨栏的人。
> 我们还误入了禁区，在里面只见到了些许事物。
> 可门卫说我们拍了照，要立马删掉，那些明明什么
> 都没有的底片。哦不。原来真有一条来回穿梭的虚直线）
>
> ——《大宋提刑官》

连同《慈航》，这三首诗的结尾至少表明了周乐天诗歌创作的三

种实践方向。在"一节节冲散，回炉重制"中，句子提起整首诗迅速与萧开愚的《山坡》相呼应。在萧开愚那首名作的结尾，他写道："请你回到山坡冰冷的汗液／和松弛的没有知觉的自我控制中间，／反而可以做出判断而不仅仅是忍受。"周乐天反其道而行之，他选择忍受，再忍受一次而拒绝判断。犹豫不决，恰恰出于对语言的苛刻要求，他绝不愿意给出一个似乎"诗化"的洞察式或警句式结尾。同时，他也没有承认"清晰的飞行"对"慈航"全然无济于事。他所做的，只涣散并重来，语气里有猥琐兼不舍，但毕竟艰难地涣散开了。迥异于不敢硬碰硬而选择讨巧的那种印象，周乐天在《慈航》中奉行的，其实是比萧开愚"给出判断"更为困难结实的一条路线。

我偶尔听过，他半真半假地批评诸多知名诗人的写作，"×××不健康，×× 更不健康……"。"我们应该要写一种健康的诗歌，"乐天面露愁色，"写出健康的诗歌真不容易。"我偶尔试图解释他谈论的健康，或许不止于当下诗歌中颇为流行的修辞茂密堆砌、情感强势累加、生硬卖弄哲理、造作谋篇布局……周乐天首先是一个对诗歌持严肃态度的诗人，这鞭策着他始终向内反省：一个健康的诗人才可以兼顾对语言的如履薄冰与大胆开拓。

于是回到了"有没有胆"的问题。《虬江宣言》以宣言作题目，暗含豪迈意思，结尾也确实落于"分流""裂地而出""胆识"等硬词。但吊诡的是，当我们读出"想必是，分流仍需，裂地而出的胆识"这句时，却觉得浑身别扭、不自在。我们感觉，分明是这个在"想必"来去的人三思复三思，迟迟不肯豁出这颗胆。在同句以内，语言本身和它读出的意思居然有天壤之别，这正是诗人含糊造句的才华。他的这首《虬江宣言》也随最后一句犹豫不决的和盘托出彻底起到一种"反宣言"作用。诗人或煽动家登高一呼，本意向外锋利立场以纠集更多的拥护，却最终将此"立场"内纵横纠葛的矛盾全给清晰放大、暴露出去了。原来是要这样的冲击。

《虬江宣言》的诗行推进优柔晦暗，隐喻密布而又全不明显，视觉上走马观花。水线、书报亭、壮年诗人、虬江、语言管道、夜鹭开翅、渔网、军工镇、大上海、筛选暗涌的水闸……诗人的思路百转千回又百折不挠，最终挠向哪里，是否又挠得切中使人发出舒服的呻吟？

好像没有。我们感到意象与意象的编织方式呈现高度私密化，诗人看起来不屑于以寻觅精准切口来打动我们，他蹈向一种他所追求的更神秘的秩序。这个时代小小感动实在过分廉价轻易了，爆款文提供的举例论证、对比论证、生活小贴士每天都可以或多或少触动一下我们；时代既不缺少触动，同时也该承认时代的触动至少有些用处，有时甚至是很好用的。但绝不能耽溺于制造触动的流水线，整日比赛研发大同小异的工艺流程。诗歌应当承担远远高于"触动"的责任。至于具体是什么，不好说。或者说我们宁愿相信，说出来的，肯定不准。

应当声明，我认为阅读这首《虬江宣言》的恰当感受是"含糊一颤"。其中当然有乐天的犹豫天分，也或多或少唤醒一位读者的犹豫和此诗歌的犹豫琴瑟和谐。《虬江宣言》引诱人碎片地出现在无望的那些点，毫无什么奋斗的好办法。这时他念想不足，就早早放弃；这时他念想难断，就多多牢骚。当周乐天以这种方式重新叙述传统题材中"求而不得"的案例时，他便充分发扬歧义与悖反，（我们不妨以爱情诗作为一种解读）唯是在此无望处教人觉到一些无比真切的爱意；无望激发一种本质的爱意，是内心缠绵的缺憾，缺憾在波峰波谷的线条上运动，是缺憾形成一种洗刷。每个人都面临着生命中那个点上放弃的难处，进取的阻塞；仿佛爱，在同一句宣言上四面八方地矛盾进而汇成自我粉碎式的告白，以抵消而存在、以存在坚持抵消。周乐天的这篇宣言或反宣言也可以看作对"八〇后"诗人肖水的《微光》的一次创造性发扬。后者在那首诗中写道：唯有爱可以使自我免于最先死去。周乐天则以一种意想不到的形式勾勒出爱的活着的含糊乱颤。

当我们在现实生活中为这种颤抖寻找一个对应时，很容易想到中学食堂打饭的阿姨。她们往往一边机械地完成每一个规定动作,一边却总在这个动作的结尾表现出一丝心不甘情不愿……《大宋提刑官》的结尾即遵循这一心不甘情不愿法则。人在心不甘情不愿时思维运转最快。身体心思的各角落,魔鬼与天使也最活跃。白马与马辩证交换。

我们知道,提刑官本职断案讲求雷厉风行。周乐天的《大宋提刑官》再一次反其道而行之了,他塑造出的这位提刑官形象可谓相当猥琐:

> 我佩剑般的他,在腰间滋滋冒汗。
> 你却静如妖,懂得计算船内人数,
> 辨识那岸边包子铺的虚假炊烟。
> 杨柳僵硬,我那战栗不止、通体
> 失温的他,划拉着你酥白的喉管。苇秆
> 撑开自己,山的眼眶便泻下清冽的钟声。

办案时犯屁冒汗,夸张走神,脑海竟蹿跳出许多色情印象……且看还有:

> 当我们前往废弃的阁楼侦查时,你会
> 替我们望风吗?镂空的墙砖内,竖满了
> 凛凛的小敌。你说"举起一把青龙刀
> 就如搓揉桃花蕊",可我没有盔甲,
> 只有他。偏偏此时,恶霸的回忆
> 涌上了我生脆的动脉……

"青龙刀""桃花蕊""凛凛的小敌"……提刑官的思绪愈发下流好玩了,我们却很难理解这之中爆开的绚烂究竟以什么为燃料。大胆假设,小心求证,若不能求证也姑且先提出假设吧,假设他只是兴之所至，一挥而就。

我们首先给予宽泛的宽容：大多数时候动了感情，就不要求事情有道理，只讲接受，我们全接受下来，事物的迷人甚至使我们不停地想要。诗人给出一时承诺，不需求后来兑现，也不废掏心窝子解释，既是"来回穿梭的虚直线"嘛，懂得又如何？周乐天语言提供的迷人已经保证了我们最低的宽容时刻能够相应给出，那么诗歌至少在这一底线上可以竖立。

再进一步，周乐天假托的这位提刑官分明与我们隔阂很大，彼此却不能客观静视、洞若观火。只有混沌的"虚直线"在之间来回穿梭，是周乐天一次语言强力映照的尝试。提刑官涌起回忆闪回的兴奋恍惚靠拢，我们则被要求为之调整好知音般的状态迎接他放肆的吹嘘。诗人坦诚于接受：高兴的时候，他会在脸上映现出自己的脚印；他的脸会承担成群的从雨天缓步走入房间的脚印，留下很脏的脚印。诗人以自身的凹陷接纳了不可思议的大量芜杂。同一系列的《大宋醉酒翁》像一列闪耀着磁性的列车吸附着沿途空气中大把的废铜烂铁：

> 彼时家中，妻子也该
> 宰鸡了。把血洒上
> 灿若麦田的韭菜花地。
> 一只鸿雁停在树梢。
> 徒孙们细细观察
> 山后有团从淡至郁的勃发。

诗作结尾鲜明地出现"遗址""闪现""丢弃"，活脱如洪尚秀电影中只求快感不负责任的渣男做派。渣男还很不要脸地关心了下乱扔烟头的后果：他确保不会出事，至少不会受到"火灾"的惩罚。

瞧他,又在钱塘门遗址闪现。
指尖的烟头吸引着湿枝,
确保丢弃,不会是另一场火灾。

一位对语言讲求负责的诗人才能写出这样"不负责任"的诗歌。在周乐天这组近作中,我发现其中一首似乎是他对自身写作的一组素描。

……我细辨
出她的层次与
过渡。美妙是观众
回溯,年轻盒子
嵌有滚烫的机芯。
她,黑暗中开口,
瘦天使冒失到你胸前。

——《歌喉》

"瘦天使"一词首先引起了我的注意。胖瘦在汉语中的使用习惯往往针对人,尤其是女人。再回到之前的"我细辨/出她的层次与/过渡",越发感觉暧昧。天使本是西方意象,象征纯净,与东方读者天然有理解的隔阂,这里却被乐天变幻成了一个很猥琐、"冒失"的、带点儿性暗示的女性形象。这微妙的欲望既是诗人对赖以推进诗行的发动机的自白,又并不流于低俗腐朽。孔子曰:"好色不淫。"扬雄曰:"诗人之赋丽以则,辞人之赋丽以淫。"周乐天的"则"尤其别致,这"瘦天使"的"冒失"之中,我们是否还感受到了一股救援的暖流呢?

"色情诗人有着实在的另一半,另一半不必在四顾无人的绝境才自然地调换成有教养的、温情脉脉的大自然。大自然经得起冷落,熟练业务,到致命关头总在身边,像听话的妻子……"看吧,不那么容光焕发的责任,含含糊糊的漩涡,反倒受周乐天倾心。冒冒失失,其实暗有苦心钻研。乐天对于刻画小人物近乎病态的纠结心理已经相当老练,加上儒家围城三面,其中也总为歧途留了足够空间。至于和当代打辩论、营销生活规劝的语言工作者们相比较,乐天尚显出不愿意让语言以身涉险或以身涉辱的态度。以我自身阅读的印象,许多时下口语诗,或来自许多青年诗人,或来自许多"成熟"诗人,作品油滑难堪,只从所谓思想性上看未必较营销号高。归类为学院派的一些,听说过"主体""音韵""戏剧""迷宫"云云,我搞不清楚,也不想认真计较,怕到头一场空。

总要发现自我,奇怪的体征。
——《胜收》

周乐天的目光紧紧拧于自身,垂下皱巴巴却还算结实的毛巾。擦拭汗水,保持干燥。擦拭污渍,保持清洁。罩上"羞涩",面向同代人,希望大家都抓紧出现在自我与现实世界中,一些得之不易的美不胜收。

彼此抵消挽救了同代人,
罩上"羞涩",抓紧得之不易的
今夜星辰 / 群山泳往一处。
——《胜收》

"旋转结晶的光阴"
——简谈王子瓜的近作

李尤台

  2018年5月28日子瓜发布在豆瓣小组"苏穆沙龙"上的《礼物》看上去是一篇颇为典型的"甜诗"。无论是日期谐音,还是文本中大量出现的温情(也可以理解为情色)细节:"小火煎蛋""辫子是你的,更会扎的人却是我""好似枣子,缀满了脖颈"……似乎都在将日常经验导向一种"肥腻"的生活模态。如果文本就这样尽情铺张下去,把我们印象中或许也是正在憧憬的布尔乔亚幸福生活置于这些现代物质间亲密碰撞、舒展的结果,并归于一件"礼物",此"结晶"便这样水到渠成了。但温情如果畅通无阻,就不能解释"旋转结晶的光阴"中"旋转"究竟指代何物了。诗人雄辩的阻滞出现在第18行:

  ……像世界
  这枚精巧的怀表里面
  专心的敲钟人,琢磨着
  如何偏离,进而如何缭乱……

持一种过度解读的视角来看，2018的谐音"爱你一把"和第18行的这"一把"存在着绝妙巧合。礼物作为一种被包装固定地封存，同时赖以被一把打开作为实现的东西，在诗人的"琢磨"里竟然是注定要偏离进而缭乱的。礼物放大为格局，则施赠方与受赠方一同掉进包装里面，变为专心琢磨"偏离"的"敲钟人"。美学和精神性上经此升华，礼物于是摄入了一种人性混沌犹豫的气质。在《一起玩〈伊迪·芬奇的秘密〉的晚上》中，面对游戏里死者的房门，诗人同样聚焦于萦绕在"一把打开"的主动方和被动方两端的混沌空间：

她推开那扇门的时候迟疑了没有？
准备再一次就着牙膏，吃掉自己，
走进那个黄昏，秋千空荡荡的，在转悠。

"牙膏"作为牙齿的清洁用品经过涂抹反噬掉整个人，或者说它清洁了远比它该有的功效更多的存在。在诗人看来，"推开那扇门"，打开礼物，意味着事物将领受神秘的反作用力，偏离进而缭乱。更为关键的是，诗人在此处将我们置身于一件礼物的内外、一扇门的两端，他是否也为我们暗示了：在这种情况下，我们可以拥有怎样的立场？这一问题的前文本来自于庄周"不知周之梦为胡蝶与，胡蝶之梦为周与？"的玄思。而在当下，则是资本主义语境中，现实，究竟是人经过不断地"自我提升"进而掌控生活（就像层层拆开礼物，涂抹牙膏），还是一步步陷进生活的圈套里步步偏离的缭乱的困境。从日常甜腻生活和冒险解谜游戏两个切入口，诗人表现出了相似的"迟疑"：好日子会不会一下戛然而止，解谜的努力会不会反过来"吃掉自己"？在《早晨的向度》中，诗人则做出如下判断：

> 它仍然响着，仿佛这个现实下面
> 还有一个现实，可以去醒。

现实下面的现实，我们暂可以称之为"深度现实"。在这组近作中，子瓜使用了非常多的词语来修饰匡正这一"深度"："如此，我能酿成"（《一起玩〈伊迪·芬奇的秘密〉的晚上》）、"并非一时的罪恶，便可造就"（《总督府》）、"天空已被对峙的光烫出了无数的焦痕"（《黄昏剧场》）……现实是"造就"的，深度现实才是"酿成"的，是可以"醒"的。至此，我们似乎可以推断，诗人是将耐心视为拯救现实的办法之一：舒缓语调下诗行延展的耐心与生活深度的耐心互为表里，回归至庄周的"无为"，并在此基础上进一步发展，达到"无人修剪，它们长出了心灵的模样"（《前年的爬墙虎》）的空灵境界。也正是在《前年的爬墙虎》中，深度现实的无限延展性和循环本质被这样叙述：

> 伸进它律动不息的心跳之中……
> 如此赶路的人最后成了新的路，
> 如果，认真度过了一生。

现在当我们综合整组诗看这三行，悖论出现了。当"认真"对应上了"一生"的耐心，现实的偏离与缭乱居然和精致礼物别无二致地展现出其腻甜特质。这个过程首先从《去信》里对现实感受的描写开始。"醒，总是太迟，总是救不起昨夜嘶鸣的垂柳。"我们面对横亘于现实与欲望间的鸿沟，一代人面对这个时代的光怪陆离，普遍感受到失落、无奈、"救不起"。接下来就将之怪罪于"醒"得"太迟"。那如果可以"醒"得早些，我们能看见什么呢？或者说我们幻想里的好生活是什么样,"心灵的模样"是什么样呢?《细雪》给出的图景是"手擎一面奇异、变幻着的小镜子","白手套抚平裙子的波浪,帽带晃着青草"。语言向空灵的虚蹈偏离过去了,"进而缭乱"则在空灵与空虚、天真与肥腻之间找到了对应。诗人"衔接过去"的耐心、努力归于这一阵摇晃,美好却不踏实,有时候还恶心地给人以"岁月静好"的虚伪感。这时候我们再回到"如此,我能酿成"的表述,才能更好感受到此"酿成"的复杂性。它必然包含诸多耐心地幻灭、"认真"地幻灭,以及"律动不息"地幻灭。唯物辩证法、历史必然性的深度现实经过"继续睡在家中,胡乱去梦"(《去信》)的递进,逐渐内闭向个人史:

> 像重要的小鱼干,奔跑的每一秒
> 都令它掉落一点点。

童年时期吃着的小鱼干食品,它的"重要"在成长过程中一点点掉落。不管"小鱼干"在这里只代表私人的"跑",还是兼有集体经验的意指,总之,它作为一个逐渐凋零的意象出现在这里。凋零、轻盈,轻盈于是可以偏离进而缭乱,是一个人或者一代人,混沌的"失去的过程"。"掉落"对于"奔跑"的主体来说,这样子"失去的过程",其实才是"我能酿成"的恓惶。

> 不要出门去吧,路边的小作坊
> 总是失灵,整日
> 往外倾吐粉末和刨木卷。
> 我知道没有一件家具诞生在里面。

路边的小作坊持续地向外排泄出"粉末和刨木卷"的剩余,但却是"失灵"的,是无法生产出家具的。《去信》中这一非现实的图景与《总督府》的"并非一时的罪恶，便可造就"形成互文。我们发现日常生活的消耗与历史的消耗都是无所谓"造就"的，它们总是"失灵"。而恰恰是这些排泄出的"粉末和刨木卷"的剩余在尘世里旋转、结晶。是人与时代失去的东西孤独耐心地结晶，在我们身外与我们默默对应着，也不添加对我们的注释，因为它们的存在就已经是我们的"酿成"。这是"光阴"的，真正踏实的虚无之口，"因为是一个缺口，你才如此完美"。（《听的判断》）

从这个思路再倒推，王子瓜诗作里的"缺口"是一种始终分泌着汗液、毒素的"酿成"。"铁栅似是攥了太久，到处是锈"（《市东敬老院》）可为此作一脚注。铁栅制造了锈，产生出锈的铁栅同时极力排斥着锈。《礼物》中送礼物的人为接受礼物的人撑起了"旋转结晶光阴"的阳伞，赠她祖母绿墨镜。而阳伞与墨镜所意味着的阻挡、遮蔽，反过来成了子瓜送予我们的礼物。在此，回顾腐朽阶级偏离、缭乱的劣根惯性，当"缺口"同时作为一个中年人式色情段子和矛盾双方互相转化的动力机制呈现于我们面前时，我们就如同"小火煎蛋"里的那颗蛋，被耐心地温暖着，一面煎完又换一面，在此旋转中亦有光阴不断结晶。而作为那颗蛋的整体，它身体内部的蛋黄也在逐渐稳重，像我们读着王子瓜的近作，感觉到那一种被反复抵消、颅内登时臃肿起来的"酿成"。

观感已经交代得差不多，不过按照寻常配置，或近乎本分，评论还是应该提出一种问题意识作为对诗作方向性的总结。至少，也可以将文本放入历史流变中考核一番位置，以便看看其本身独到的价值，能为同代人爆出多少光亮。正好想到徐志摩有诗云："你我相逢在黑夜的海上，/你有你的，我有我的，方向"。（《偶然》）这话多少让人有些丧气，茫然无从结论。幸而又想到，子瓜享有"海上帆船"的美誉，四字已然胜千言。

莫须有的北方或神话地理
——简评曹僧的诗[1]

王子瓜

北海之内,有蛇山者,蛇水出焉,东入于海。

——《山海经》

只有马可·波罗的报告能够让忽必烈汗从注定要崩塌的围墙和塔楼中看出一个图案细致、足以逃过白蚁蛀食的窗格子。

——《看不见的城市》

大约是2016年春天,听说淮海中路上藏着一家人迹罕至、却收有不少好书的旧书店,一个朋友当时正在那里做义工,我、曹僧和另外几个朋友便相约去看看她。我们从复旦骑车去。曹僧、王大乐他们都是老骑手了,他们到处去骑行的时候我还没有入学。2013年初,冬天,曹僧独自骑行环绕青海湖,读研时又乘火车去内蒙古写他的组诗系列《黄昏,在旗县》。他的诗硬朗、强健,全无所谓学院诗人常见的温吞,我猜除了个人性格,也同他一直在路上的生活状态有关。一路上我紧

---

[1] 本文刊于《诗林》,2018年第2期。

跟着他们。宽大的十字路口,红绿灯像是钢铁森林里停在枝头的猫头鹰,下坡路像是某种巨兽蛰伏的脊背,随时可能挺立起来,还有《纪念碑谷》般曲折、跃过苏州河的立交桥……上海全然没有了坐在地铁里的安全幻觉。后来我们又一起骑过几次,甚至去环绕崇明岛。但其实去旧书店这回是我第一次对骑行有了一点概念,尽管对一直骑在前头的曹僧来说,这也许根本不能算是一段路。现在每当我失去对世界进行想象的兴趣,又没有出走的条件和勇气,我就会重读曹僧有关旅途的一些短文:

晚六点一刻,天差不多黑了,青藏公路上只有冷硬的大卡车过往,寒风刮面。离下一个人群聚集点尚有两三小时的路。我跳下自行车,喝完一口满是冰碴的农夫山泉后,说了句"操"。呼出的气体立马在眼镜上糊成一层白霜。坐在路边换掉满是冰沫的袜子时,我突然看到了高原上被冻住的星星,一丝丝幸福感仿佛掠过心头。[1]

那天下午没有别人,我们就在旧书店里翻书、聊天。但准备走的时候,书店的老板回来了,一同出现的还有诗人萧开愚。简短的问候之后,他也记起了这几个两三年前有过一面之缘的"复旦的年轻人"。曹僧立刻掏出手机,找出自己的诗。片刻,萧开愚这样说:"我觉得你诗还可以更粗粝一些,更泥沙俱下一些。"

我很惊讶,因为曹僧拿出的是他的《新品发布》——"我是说孤独拉着孤独的手/围成个大大的圆圈开始游戏/每一位失败的,都要进来","噢看,又一只公牛/滴下了他的两只睾丸","我骄傲的心已糊成烂泥","横亘在一个正蹦极的地球","我嚼西北风,嚼

---

[1] 曹僧:《光草》,见肖水、曹僧主编:《2013中国大学生诗歌年鉴》,共青团复旦大学委员会、复旦诗社出品,2013年。

山之音"——这些句子此前已经磨坏了我习惯于精米的牙口,却仍不能满足眼前这位冶炼过"杜甫"和"内地"的壮年诗人的肠胃。接着,我回过神来,更惊讶于这短短的几分钟里,萧开愚已经精确地看出了曹僧近几年诗歌的趋向和意图,或许那正是八十年代末同样二十多岁的自己,在对过度挥霍生命的抒情,和对精巧——那太合时宜的美的厌倦里,寻求着力度、容量、不适感——中年的责任。

和萧开愚、西川等诗人类似,曹僧属于那种过早完成过的诗人,因此获得了写一些"不那么好的诗"的权利(毋宁说是使命)。在2014年之前,曹僧未满二十岁,已经拿下了复旦的"光华诗歌奖"和北大的"未名诗歌奖",去四川参加过《星星诗刊》的诗歌夏令营。几乎只经历了一年的修辞练习,到2013年底,一个"曹僧"已经完美地陈列在展柜里了——无论是《神游贺兰山》《莫须有的北方》《在街边的拉面馆》里辽阔的抒情,或是《邢建国》《入关》的叙事技巧和语言力量,抑或《笼中兔》《炼丹术》里同经典的有效对话,还是《捕蛇者的小儿子和外乡的养蜂人》《蛇》对结构的把握、对经验的处理和对神秘恰到好处的呈现,曹僧已经完全掌握了写一首"好诗"的能力。然后,便是如何掷出那个"六点"——就像写了《镜中》《何人斯》的张枣,等待着自己的《大地之歌》。从2015年到今天的三年时间里,曹僧写了大批挑战着读者的期待视野、刷新着我们对诗歌既有认识的诗。据我观察,这一切都是从《传记》开始的。

初看起来,《传记》一诗有一个荒诞的开头,但到第七、八行,读者会发现这荒诞的必要:

> 我有一台苍蝇马达
> 我发动它驱逐荒漠的落日

诗开头那个散步时被猎豹逼上树，又换一棵树的荒诞戏剧，在这里获得了它的意义。荒诞露出了象征的尾巴：荒漠的落日其实是对世界终极的看法，那由人类的历史上每一个垂死的生命体认过，又在二十世纪被战争、极权、恐怖、邪恶所放大的虚无。唯一的变数，可以与无边而平静的虚无较量一番的力量，在这里被具象为一台微小而躁动着的"苍蝇马达"，而较量的方式，被称为"造梦"，像接下来他看到的同伴，一台"真正的发动机"那样。

不过他们其实并不那么自信，因为虚无太强大了，他们也不知道存在是否可能，"这伤悲——"。于是父亲的出场成为这首诗绝对的肯定力量，直接将诗推向了主题：

> 父亲打断说：
> "鳝鱼正在吐泡泡"
> 他存在与否并不重要
> 重要的是鳝鱼，是说

"说"——到这里，我们不仅理解了这首诗，也理解了曹僧所有作品的面相之一：语言，这人类曾一度借以挑战上帝的工具，这上帝不在场的世界里唯一可能的创造，尽管我们谁也不能断言它最终是否真的能够击退虚无，成为存在，但除了它一个诗人别无选择。说，只要说就够了，这位迷恋于转动的马达，烂醉在"说"之中的烂西红柿，告诉我们他在"写一部传记"——那唯一可能的长久和存在，仿佛在自言自语着"要有光"。

《传记》之后，曹僧很快写了《新品发布》《鹤城》等浑天仪般精密而空心的组诗。在意识的层面，这显然是曹僧自觉的写作方法论之一，并且沿用至今，在《锯木拖拉机》（《船长苏尼特》《仁慈上帝决定第二次使用第一推动力》和组诗《环形三》《我们的我》（对《我们的祖先》三部曲的戏仿）等后来的诗中都能够看到那颗心脏般律动的烂西红柿的影子。

　　如同《传记》正面对虚无发起了逼近极限的挑战，从《女儿国》开始，曹僧像个单枪匹马的堂·吉诃德，又开始了对我们汉语的征伐。谐音、方言、押韵、仿古短句、语言游戏，在《取经人》《疲倦可汗》《高老庄牌局》《雾霾时代的抒情诗》《过娃娃机》等诗中的展示可谓炫技。但这里我并不打算对此展开谈论，在我看来，这部分诗更像是一种为了确认自己语言能力的练习，一种对于我们时代里某股风潮的回应，一张为了更有力地纠正而提前考取的资格证。我想我们最终会发现在各式各样的实验和尝试背后，那藏匿在幽微之处、一以贯之地构造、管制着一个诗人的东西是什么，那诗人也许不断觉察到，仍然灯蛾般无可避免地不断书写的母题是什么。语言的创造如同竞技体育，唯有主题的开拓才是一个物种的进化。

　　我真正想要谈论的就是曹僧的"这一个"。玩弄写作理念和语言技巧在我们的时代早已不是什么新鲜事，"这一个"才是曹僧无可替代的地方。它是《捕蛇者的小儿子和外乡的养蜂人》和《蛇》里蛇神出鬼没的村子，是《炼丹术》里圆缺莫测的月亮和化鸟的女人，是《邢建国》最后燃烧的梦境，《新品发布》里琳琅满目的怪异物品，隐藏着自己气息的《鹤城》，《套浪日记》里套浪如套马的骑士，《民间故事》里大脑上蠕动着水蛭的妻子，来自英仙座的《黑水潭蜥蜴》，《疯狂的祭司》里的邪教会议，蒸汽朋克博物馆般的《福城动物园》，《送阿布拉江》里飞走的大船，打开了自己腺体的《疲倦可汗》，夜里捞尸体的《取经人》，《夸父逐日》里的克隆人夸美，《地球之夜》等数首诗构成的旗县的缩影……

　　从这个层面上看，完全可以将曹僧近来出版的首部个人诗集《群山鲸游》看作是一部汉语新诗的"看不见的城市"（卡尔维诺语）。每一首诗都是一座存在于可能性之中的城池，而这部诗集的卷首被粗心的抄写者胡乱塞进了某一页，这就是《莫须有的北方》：

> 我本该是一场更大的雪
> 铺开自己，来看这世间风景

这首诗写在曹僧写作准备期的最后，那时他也许还不知道"这世间风景"意味着什么，但紧接着，有关我们宇宙的神话便朝凤之鸟般纷至沓来了。甚至《与父亲一同焚烧马蜂窝》这样看起来紧扣着日常经验的主题，也在故事的最后"偏离了宇宙的中心"。我清晰地记得一个寒冬的夜谈，曹僧叫我们抬头，说那是猎户座，那是天狼星，说车子在公路上抛锚，远处传来野狼的嚎叫，说幼时听到的传说，大地深处有大蛇在左突右闯，等待一股渡劫的雷电……如此，那个骑车驰骋的身影在我心中便获得了另一层涵义，我想象一颗年轻的心持枪踏马，对前方未知的奇迹穷追不舍。曹僧似一个马可·波罗，面对着不存在的忽必烈汗，讲述着这个宇宙某处鬼魅正往来的《聊斋》，讲述着这个恢复了神秘的世界的神话地理。我期待我们时代的《庄子》，我们时代的《山海经》。

文献发明家与风景沉思者[1]
——论张存己

马 贵

写于2012年的《上杜将军二十大寿》的题目中"二十大寿"当然是一个调侃玩笑,从史实的角度来讲,这首诗中关于杜聿明将军的种种逸事都是有待考证的。尽管如我们印象中的那样,任何大人物年轻时期都有不羁的性情,但想象一系列玩世不恭集中发生在像杜聿明这样的民族英雄身上,仍然需要勇气。 这首短诗的前三行,以戏拟的修辞,在主语不停虚化、游移过程中,营造出了一种放浪形骸的青年气质和一个没有任何历史重量的世界:

> 画着赫本的扑克牌已经涨价三个点,东征到肚子里的小宝塔
> 才刚刚化掉一半。天台在树根上打了个滚,便碰翻了崴脚女人
> 伏在背上的酣眠。伤风的频道轻跃如纸,但五月说:
> "我是文化批判学者,佛挡杀佛,魔挡杀魔"
> ——《上杜将军二十大寿》

如何理解对历史人物这样看似轻佻的处理?因为虚构不计较事实,

---

[1] 本文刊于《诗林》,2017年第4期。作者马贵,1991年生于甘肃定西,毕业于中央民族大学。现居北京。

在虚构中,情感对事实有决定力量。也就是说,在这里,纠缠着他的不再是历史文献的具体内容,而是选取和编排这些文献的方式。进一步讲,不同于严谨的历史研究,诗歌写作者不是搜集文献而是试图发明文献,正如伊格尔顿对文学中虚构的看法那样:"虚构常常改装世界,以便从中凸显意义。"对历史面相的道德认识超越了简单材料罗列,充满意味的比喻不是为了提供知识,而是为了表明某种认识和态度。基于这种阅读判断,我们也就能够理解略显突兀的最后一句:看似无来由的即兴歌唱,实际上暗示着历史的暴力。"佛挡杀佛,魔挡杀魔"一句指涉饶有趣味,因为它没有脱离整首诗调侃轻松的修辞基调,仍然游走于游戏叙述的界限之内,但此句所暗朝的方向是严肃的。游戏者背后总有深刻的追求,并会将种种批判性寄寓在看似玩笑的断行之中,这种隐而不露正是张存己此类写作的用心所在。略感遗憾的是,《上杜将军二十大寿》中具体词语的选择和运作,并没有与其背后深刻的反思决心在步调上达成一致,没有实现精确的"打击"。

纵观张存己这几年来的写作,对历史内容个人化的重写是其写作的主要主题之一,沿着这条线索,他极具公共性的个人制作也逐渐走向完善,时隔一年,写于2014年的《草木深》就是一个例子。《草木深》回应历史是通过改写历史的方式完成的。长久以来被传颂的"伯牙叔齐"的故事,其中寄寓着延续了几千年的"义利之辩"的精神传统。然而对历史人物的招魂,没有带来任何拯救和安慰,就连承载精神寄托的亡魂也最终败给了唯利益是图的当代潮流:

> 伯夷和叔齐们便排起了好长一队,他们轻轻地
> 避开人家烧下的纸灰堆,淋着细雨,就跑下了首阳山

——《草木深》

"伯夷和叔齐们便排起了好长一队"有出奇的反讽效果：民族精神的亡魂代表和现世的劳作者们在此刻共享了一种当下常见的生命状态——排队。"排队"的队伍中拥挤、焦躁的形态，是典型的现代人病症的表现，而排着长队无限等待的原因大多数时候连排队者自己都不明所以，物质利益的诱惑如魔咒般在无形中作祟。坚守道义还是随势而变？在诗的结尾令人猝不及防的是，原本一度考量人心的两难选择在今天已经完全不再成为一个问题。与《上杜将军二十大寿》一样，张存己在《草木深》中依然表达了他对于历史进程充沛而自信的把握能力，反讽式的招魂延续了他之前的写作策略。在此后，《新中国》《回忆莎菲女士》和《东方子论道》等诗，都显示出张存己重新编排历史、发明历史，并从中发现奥秘、呈现荒诞的出色能力。当我们对这类诗歌仔细阅读、揣摩之后，无法不注意到诗人同时也是一个专业的历史研究者的身份。扎实的历史知识为他的写作打开了一个巨大的可书写空间。尽管他在诗中扮着鬼脸说所有都是"一场天人交感的大梦，和政治绝没有任何关系"（《新中国》），但在这一系列带有杜撰性质的文献背后，有一种对历史把戏和意识形态的警觉。这些以发明文献为手段的诗中往往有动人的真诚，背后是一道道充满怀疑和批判质地的声音，"它并不提供具体的生活观点和价值尺度，而是倾向于在修辞与现实之间表现一种品质，一种毫不妥协的品质"。

欧阳江河所说的这种品质，可以解释为一种避免写作被繁复花哨的修辞所吞噬的自我意识。因为真正的主体，无论面对被写进教材的学科知识，还是身陷其中的切肤生活，都会保持一种疏离感，以发觉更多真相。为了这种疏离感和反思性，张存己选择了更加平实、清晰的语言风格，这也是他的诗歌在同龄人写作中很特别的一点。就我目前有限的观察来说，"九〇后"的写作者，尤其是身处学院的年轻一代，大多以技艺的繁复、选词的轻盈和诗意的跳跃为风尚，这形成了一片华丽的诗歌面貌,"力比多式"的放逐词语所指的写作能量,为丰富诗歌的形态带来了不少可能。然而同时,如果我们相信,诗歌总会是某种文化意义上的声音,在它个人化的发声背后仍然有强烈的交流和回馈愿望的话,那写作者必须重新领会"言之有物"这一最朴素的教导。语言不会仅仅满足于词语的组合、拼接、排列等无意义的游戏(当然这种无意义也被认为是一种意义),重要的是,如何在语言的肌理中把现实联结在一起。虽然早期的比如《安魂曲》等诗还带有在词语表面滑翔的快感,等到写出《草木深》《合欢》和《阴天去榆林路》等诗,张存己已摆脱了漂亮修辞的诱惑,转而发展出一套以叙事为主的抒情风格。在那些整体上具有叙事特征的诗中,某些小说手法以保留其精华的方式纳入了其中,沉思和诘问余音般在诗行结束之处继续回响。这种不紧不慢的节奏属于一个风景的观察者和沉思者,而观察和沉思也是一种知识者独有的道德姿态。

　　张存己沉思的能力在重现记忆的诗中得到了充分的展现。记忆常常面临记忆的不忠,记忆因其美化效果而常常沦为普泛化的怀旧情绪。当里尔克说"诗是经验"时,他是在强调一种对记忆冷静、综合的处理能力,也就是说,思考记忆而不是任记忆发挥,重现记忆而不是被记忆所吞没。张存己写成长经验的那些作品,比如《合欢》《车过洛阳》和《历史性》等诗中,一颗颗闪光的孤独的心灵拥有一种超越年纪的察觉能力,保留了成长中这种孤独,也就意味着保留了对记忆的忠诚。张存己不是以一种成熟理性的成年主体对往日经验进行归纳式的总结(这是怀旧滥觞的一个常见原因),而是借用了他身上一直携带的可爱面具——即儿童和少年特有的懵懂、幼稚和不谙世事:

　　　　可是为什么,我真的想知道
　　　　为什么那时我依然

会觉得
不快乐

——《合欢》

妈妈,我已经闻见了杨树的影子
今晚我第一次害怕到四川去

——《车过洛阳》

太阳很快就要落到高架后面去了
不是吗?

——《历史性》

  为了重现记忆的原貌,张存己在这些诗中选择了以第一人称视角进行讲述,疑惑、好奇和敏感的性格在声音上多表现为呢喃、疑问和自问。某种意义上,张存己让记忆中的人说话而非记忆者说话。正是这种混合了神经质和疏离感的性格,反而使诗中未成年的抒情主人公具有了惊人的发现力。《合欢》写了一个孩子帮他的父亲去邮局寄信的故事,而在去寄信路上他观察到的人群和事物却引起了他的忧郁。一切看起来明亮而有活力,"为什么那时我依然/会觉得/不快乐"呢?既非战乱年代的颠沛流离,也非离乱家庭的残破不全,那些平常无奇的童年风景是在何种意义上为诗歌提供了有效的素材?实质上,孩子眼中的风景也正是他那颗孤独心灵的具体内容。"我"即这个十二岁孩子,也是柄谷行人意义上的风景发现者,而"风景是和孤独的内心状态紧密联系在一起的"。一切如常的表面背后,那些不可思议和神秘的东西,只有在孩子的目光中才得以显现。日常生活的神秘性与孤独心灵互相照亮。
  成长时期对世界的疑问和沉思,主要表现为一种"童年性格",

即天真的性格。而在后来的写作中，张存己诗中的这种"童年性格"已经超越偏好而发展成为一种特征。比如《绿色校庆日》制作了一个短小的卡通片寓言，闪烁着顽皮和想象；《荒草中的一日》中那个老实木讷的大男孩说："你知道，我从来都不是那种／很会交朋友的人"；《记梦》中发出的漂浮的声音："你在做梦吗""你在找我吗""我在做梦吗"……像一个呓语的孩子对恍惚世界的意义穷追不舍。"童年性格"的另一个表现，是张存己诗里那种摆脱重力、飞向天空的想象惯性。在《论童年》中，目光穿过窗外，"让人可以轻易望见远处的铁塔／和树顶上的云"，那是我们在发现神秘之后对天使的渴望。《论老年》则有这样的句子："此刻，若他伸出手，抓住壁橱里／晃动的灯绳，像从金色的沙丘上摘下／一朵低悬的云"，衰老腐朽的身体仰赖着想象完成了最后一次轻盈的采摘。即使是在《海上花》暗露情感的诗中，也有"而你却向我投下红树林的影子／几乎高如天穹"这样突然凌空的思绪。对风景的发现始于沉思而最终抵达想象。"童年性格"让我们看到了一个完整的沉思者的形象，像宗教绘画中的天使那样永葆童真，同时拥有对世事人心天赋般的洞察力：他既是内观的，显得忧郁寡言，在踽踽独行和自我疑问中发起对世界的侦察；他又是向外开放的，常常凭窗瞭望，以天真的"特权"冲破生活的局限。张存己选择面具化的方式，是因为许多他企图揭示的东西都是成人所无法抵达的，"成熟心态"的盲点在这些诗中得到了克服，"儿童性格"为张存己沉思世界提供了一个有效的路径。

  摘掉了天真的面具之后，作为风景沉思者的张存己正面表达了对现实境况的关照。《阴天榆林路》这首诗透露出强烈的"中年气质"：以一个旁观者的形象，缓慢地行走在这种压抑的生存景观中。苏珊·桑塔格在其讨论摄影的一书《旁观他人的痛苦》中讨论了旁观的伦理：如何在旁观时避免一种自我的优越感？因为缺乏一种感同身受的理解，被观察的对象常常在比较中沦为劣势的存在,观察者在这种比较中无形地获取境遇的、道德的、心理的优势。张存己的深刻性在于他一开始就抵挡住了居高临下的诱惑,在耐心地描绘这幅后工业时代萧条景象的同时,想要与本地人发生某种联系,并不断小心寻找突破的机会。沉思者不止于旁观。张存己的姿态在这首诗中十分明确:"当我的头顶堆满丰洁而肥腻的积雨云时/我也多么像一个睡不醒的本地工人。"对本地工人的观察、揣测,以至最后以睡眠的方式加入这个沉默的共同体,让我们更加清晰地看到张存己想要通过写作而触及的那个广阔世界。

洛盏的词典诗学[1]

江 非

在这个定语、状语与经验和象征体系大量遗失的历史时期,如果我们注视洛盏这一代诗人中略显重要的几位诗人的作品,如果我们不从"话语"的角度,引进"再生产"这个概念,那可能就要去留意一种"思",这个"思",就是对"我思"的"思",是一种事关主体性重建的"思",也是一种一旦开始便永不停歇的否定运动。自然,它也是这一代诗人面对以符号过剩与信息编码为特征的一种生命现实的自我应对和斗争。

在洛盏的大部分诗作中,我们可以看到,正是这样的一种"思",才让他获得了对自我的辨认和承认的安慰与确定性。自我是一种运动之中的没有完结的生成,洛盏用他的"思"在他的诗歌书写里寻求它的根源。这个根源,在诗人洛盏看来,似乎首先就在于词语之中,在词语内部的那种意义的间距和潜在之中,或者说,是在词语—语言—意义—观念的这种内部间距演变和改写,所映指的一种历史"间性"之中。洛盏在借用诗的书写寻找自我和那个大写的"我"的过程中,

---

[1] 本文刊于《诗刊》,2013 年第 20 期。作者江非,1974 年生于山东省临沂市平墩湖村。现居海南。

首先去做的工作就是要释放这个词语内部的潜在,让它变得清晰起来,而这种"让清晰"的工作,对于洛盏来说,似乎就是他本人对自己以及对"在我一侧"的事物的澄明与看见。他想实现一种相对的看,这个"看"从我出发,经由词语而到达那个被看之物,之后再通过被看之物重新嵌入词语,从而让词语回到当下和对于自我的理解之中。所以,在洛盏所写下的大部分诗作中,似乎都是一种名词解释,而他无意中给自己确立的个人诗歌书写的近期趋向,似乎就是一项关于词典编纂的工作。通览他近年来的诗作,我们可以看到,他几乎有三分之二以上作品的标题都是一个单词,而名词更是居多。这无疑和他的这种"思"的核心有关。

洛盏在"思",他和他诸多的同代同仁一样,在思那个"思"的本身。而他首先介入的,是对"我思"的那个基础的"思",是对语言本身和其基本意义单位和符号单位的"思"。他是在通过一次语义学的诗歌解释的历险和现场性的唤醒行动,来回答他自己,也告诉我们"什么是涌动""什么是阶梯""什么是缩影",进而告诉我们"什么是我的涌动""什么是我的阶梯""什么是我的缩影",而最终告诉我们,我们正处于一种什么样的历史性的"涌动"之中、"阶梯"之上、"缩影"之内。这种"思",鲜明地体现在他的《涌动》《阶梯》《缩影》等诗作之中。在《涌动》中,他写道:"……光的伏兵 / 在那儿歇息,显然,疲惫已压倒了警惕。/ 他们的兵器,在缝隙中依然闪耀着童贞。// 假期中的小学,如同一头假寐的 / 微型鲸鱼,已然喷发过。/ 笨拙的屋檐,像女孩的钩心鬓发,/ 而结了痂的玻璃稀释了一个注视。// 你不善回忆,你的生活,是一座 / 没有帷幔的舞台……在内心的草丛深处探出螯爪。/ 往事是熄火的鱼雷,吃力地匍匐在 / 修辞丰富的水花中,而橡皮的香味唤醒 / 你鼻中的味蕾,并拨动记忆的葡萄藤那嫩绿的卷须 //……空气中还回旋着灯管弥留之际的叹息。/ 你狡黠的欢乐被蒸馏,被彗星吸吮。/ 只剩下不洁的恐惧和书写,书写……命运却在这潦草中写就,你感到无名的喜悦。/ 你裹着黑暗如匿于禽鸟的腋下,一种例外之美。/ 你放下笔,如偷懒的水手,丢掉手里的活计,/ 眯眼感受波浪擦过船身的震颤……"无疑,这就是洛盏要给我们解释的"涌动",它已经包括了"光""缝隙""童贞""鲸鱼""喷发""鬈发""注视""回忆""舞台""螯爪""鱼雷""香味""叹息""蒸馏""彗星""例外之美"和"偷懒的水手",而这些复杂的意象,正是对一个日常之词的重新解释和唤醒,是诗人通过他的"书写,书写"把一个新的词带到了我们的面前,这个词是"涌动",但已经不是我们在这首诗之前随口说出的那个"涌动",它已经充满了历史意识和诗人的个人成长史和所有物,并作为洛盏的词,从一种公共性中解放出来,从一种时代的表象化中回到了它的成因和本位,而最终形成了"远山的雪线:另一种语言"。这种语言已饱含了词语的"历史间性"和间距的释放与过渡,以及"洛盏之我"。它是一种最新的和最古老的语言结合与婚姻,是那个词的诞生和活命、现场与原点。词语被嵌入,从而也在"思"中嵌入了历史和自我,具有新的语气和表情。自我在词语的最新一次复活中,实现了对称性的辨认,并一举证实了那个"自我"的存在。

而诗人之所以要这样做,正是因为诗人需要一种纯粹的语言,一个纯粹的词语,这个词语如同"雪线"一样,闪耀而干净,它看见并激活这个世界,综合并整理经验。它在诗人的书写中形成,并在它真实的历史进程中再次现身。它不是日常公共性中工具化的交互性词语,而是一种适合于纯粹灵魂表达的词语。这样的词语,是"另一种语言",是一种被"思"重新洗过和发现的词语。而这个清洗的过程,也再一次证实了,所有的词语都是历史性的,是一个历史的凝结物。这个凝结物在公共性中是死的,在诗人眼中和手下却是活的。诗人正是要恢复这个词语的活力,并指出这个词语在历史当下的那个最具活力的意义部分。这个部分就来自于一部分人对于历史的尚未丢失的经验能力。这从洛盏的诗集《沐浴在县城》的书名中就可以看出。洛盏之所以让这样的一个书名代替了他真实的"诗歌词典编纂学",或许正是因为他要强调自己的一个观点,这个观点就是:只有强大鲜活的个人经验,才能实现与一个词语的历史凝结物的对话,才能通过这样的一种对话,把一个词语最原初的声音解救释放出来,而当人们重新听见、说出这种声音的时候,则是一种人的本源的回归,是对词与物、人与物、词与人这三个关系的重新整理和复位。在《阶梯》这首诗里,他即是用他的"县城"经验描述了一种血缘与时间的"阶梯",从而也重新指明了一个新的"阶梯"之词在我们之间的存在:"……县城西边的郊外,镂空的阶梯之上。/……父亲就在那儿,简练地/浮现着……而我的自行车穿过空气稠密的毛发,/像一滴眼泪滑落盲人的面颊……父亲在他人的怀表中/盲目转动;阴茎害羞地垂着,/像潮湿的天鹅。……我援上楼梯,如舌头费劲地舔过/一簇鱼的骨骼……"这是一个已经被诗人用自我"舔过"的"阶梯",一个在诗人的口舌之间重新复归,有了充分的人的内涵的词语,并在内部的意义结构上发生了历史性变化的词语,而这样的一个洁净之词,正是来自于"我"与它的再一次对话,来自于人的深处。

在洛盏的大部分诗歌中,他正是通过这种对话,进行了一种拯救。在拯救之中,那条被他言明的语言的"雪线"其实就是在诗人所处的说话时代中,一条词语和人的回归线。这个拯救,所面对的,是一个人已经不能被置于一个完整的句子的历史现实,人已经无法自我表达的现实,以及人已经被词语的物质化、工具化现实所界定、分隔、切分得变成生活与历史的碎片的现实。而也正是这样的一个经验现实,促使了洛盏和他的同仁们的"思"。这个"思",所针对的对象已经完全不与他们的上几代人相同，他们已经面对了语言、词语这样的人类存立于大地的基本范畴。他们已经避开了那些大地上的事物，展开了对于大地本身的"思"。他们这一次想知道想揭示的是那些"言下之意"，而不再是先前的"言中之物"。（这自然也就注定了一个过时的诗歌评价系统已经无法评价他们，对于他们，在开始之初就需要"历史地看"。）他们是在通过这样的诗歌书写，通过对写作的最基本材料——词语的注视，来代替一个时代，拒绝被编码和被符号化，而这种拒绝则是在一种无限的否定之中，重新确立人的主体性。

在一个"非虚构"已经成为最龌龊、最大的虚构，而对于各种表层现象的捕捉已经成为诗歌批评最卑劣、最热闹的主流的写作时期，我们何为？洛盏和他的同仁们的回答是：我思"思"。而不久之后，我想他们也许很快就会走上对于"让思"的"思"。他们"静谧的身体，已经有了衰老的痕迹"，这种苏格拉底和老子式的"衰老"，无疑是他们这一代诗人深陷于"思"的最美的回赠。

孤独与风景
——谈肖水的诗[1]

王子瓜

一

准备开始动笔写这篇文章的时候,肖水又离开上海了。这次是河北,他去了保定、石家庄一带,荆轲塔、大慈阁、伏羲台……朋友圈照例像是播放着一套探访全国重点文物保护单位的纪录片,一会儿不注意,镜头就切换到下一处了。我觉得出远门的时候他最像是自己常说的那列"闪耀着磁性的无轨列车"(他常以此形容诗歌本身),无论是人尽皆知的名胜古迹,还是藏身荒山野岭、人迹罕至的残碑破庙,都像是一枚枚硬币被吸入了口袋,绝无遗漏。

这些年,旅行几乎已经成了肖水生活的一部分,他甚至还同两个学生一起制作了一款叫做"文保在身边"的微信小程序。而不知不觉中,他的旅行也渐渐成了我们这些朋友的第三只眼睛,这种感觉就像是最近我读到的一篇小说里讲的:"他的云游像一颗行星在广漠的太空里遨游……看到他挂在上面,感觉我的世界也空旷起来。"(王咸《去海拉尔》)

---

[1] 本文刊于《江南诗》,2018年第4期。

按照惯常的思路，肖水的诗势必同他的旅行发生密切的关联，而作为古迹的风景所蕴藏的广阔的历史文化资源，对诗人所产生的诱惑往往是难以抵挡的，怀古钩沉永远是一种性价比极高的文学路径。但有趣的是，认真阅读肖水的诗作，你会发现尽管他的诗题中的确出现了大量的地标，可是历史、文化和传统却被悬置了，他的诗并不讨论这些，诗的内容甚至和古迹本身亦没有多少联系，它们仅仅作为打开诗歌空间和格局的装置而存在。他采用的是另一种方法，这种方法的性质令人不由想起 1940 年前后游历在前线，写《慰劳信集》的卞之琳——他们都采用了有别于主流期待、并非最"正确"的方法，尽管在肖水这里，等待被书写的硝烟和鲜血被替换为静默的古寺，文化意义上的历史取代了政治意义上的历史，具体的风格表现也当然大有不同，但仍然有一种共通的意识左右了两位诗人，也正是这种意识规限着两位诗人各自经历的转变，使之不致成为断裂。换而言之，正是这种意识使卞之琳成为卞之琳，使肖水成为肖水：

    如果你睡了。睡眠更可贵……
    案卷里已经跋涉了一宿。
      ……
    我不会说笑，送你一个梦：
    从你参加了种植的树林
    攀登了一千只飞鸟的翮翎。
          ——卞之琳《给一位政治部主任》，1939 年 11 月

    ……回程路上，并行汽车里的人
    忽然隔着车窗给你拍照。你内心一颤，一身尘灰在火光里抖落了下来。
          ——肖水《隆兴寺》，2014 年 1 月

这种意识或许可以被归结为"向内行走"的意识,即无论眼睛勾描过外部风景多么巨大的轮廓,笔端却总是带着体温——它会找到一处细小、指向内心的落脚点,或者更干脆点说,它的旨趣根本不在探究外在于人的那些东西,而在于触摸心灵的模样。肖水的"旅行诗"(姑且如此称之)清晰地展示出了诗人近几年思索和努力的方向,同时,如果注意到"旅行诗"仅仅构成了肖水"小说诗"的一部分,而后者又代表了他写作上的一次重要的尝试甚至转变,那么我们所观察到的"向内行走"的现象就值得被深入探究。"向内行走"的原因是什么?具体是如何表现的?进一步讲,它又意味着什么?在此基础上,怎么看待"小说诗"阶段的肖水同此前的肖水之间的关系?

二

王璞在讨论1940年前后的卞之琳时,敏锐地抓住了卞之琳所说的一句话,"我还是我"。由此,他将"旅行"同"主体性危机"联系起来:"旅行总是关于主体性的叙事和实践,它有各种模式和'原型':主体性的危机往往是出游的动因,扩展自我是旅程的成果,而自我对历史的包容、对时代的参与则标出了旅行的内容和意义。"[1]肖水的旅行也是如此,不过它其实并不是始于一种危机,而是两种。了解肖水的写作和言论的读者很容易明白第一种危机是什么,它肇始于肖水早期的诗学资源,更明显和直接地触发了旅行的冲动。

结合我们对肖水诗歌的观察和他的自述,无疑有两位诗人曾为青年肖水带来过极为重要的影响,他们分别是中国"第三代"诗人西川和美籍波兰诗人米沃什:

---

[1] 王璞:《论卞之琳抗战前期的旅程与文学》,见《新诗评论·2009年第2辑》,北京:北京大学出版社,第132页。

对于我来说,在西川的接引之下,西方诗歌(抑或翻译体中文诗)就像"另外一个世界的音乐",忽然来到,并且将我和我旧的语言世界分开了。那段时间,我的心态犹如"三声叩门回荡在我心中/潮水像无数只海龟跃上沙岸",而西川在我看来,犹如带领以色列人走出埃及的摩西。[1]

如果说2003年我的写作有一定的提升的话,那么原因之一可以归结为我遇到了米沃什。他的《献辞》以及模糊难明的经历,让我明白一个诗人的生命不应该仅仅作为"词语的亡灵"而流逝,还应该去关注更大、更高的事物,比如悲悯,比如国与家。[2]

在西川(显然是早期的西川)和米沃什(米沃什的一部分)的影响下,肖水早期的诗歌语言也热衷于使用文明量级的意象和象征,按照肖水自己的说法,这一时期的诗歌的确可以被归结为以"异邦历史与想象、与西方诗人的灵魂对话"为核心动力机制的诗歌。然而,2007年,危机到来了:

> 2007年,这种写作方式给予的刺激降至谷底,继而一种新的策动将我引向完全不同的面向,这就是前面提到的"新绝句"。恰逢其时,陈先发鲜明而强劲的写作适时地给这种面向——我称之为"在'本土性'之上建设汉语诗歌的'现代性'"——提供了背书。[2]

其实同许多前辈诗人一样,除了肖水提到的陈先发,前有卞之琳、戴望舒,后有欧阳江河、杨炼、张枣、萧开愚……汉语新诗的本土性

---

[1] 肖水:《某物之来临:我与西川诗选》,《名作欣赏》2014年第34期。
[2] 肖水、木朵:《孤独的,未来的——诗人肖水访谈》,《名作欣赏》2013年第22期。

问题早已被反复考虑,也得到过不同的处理,但显然尚未被一劳永逸地解决,肖水寻求着自己的解法。这一危机本质上是语言危机,危机主体的身份是一个诗人。无论如何,它已然构成了肖水诗歌的基本问题之一,对它的回应也构成了肖水诗歌的底色。在写作内部,解决方案从《净琉璃》(2005年)、《沪渎重玄》(2009年)等诗歌在词语、句法上的尝试,到新绝句那带有革命企图的爆发,再到工作般长久而细致地对汉语进行"清洗",这些年,肖水背负着危机,已经不动声色地走了很远。而在写作外部,这一语言危机也最直接地导致了包括阅读和旅行在内的一系列生活上的转变。

但是在这里我真正想要指出的是另一个。比起语言危机,它的黑暗更加纯粹和致命,也更加根本:

在温暖得只有寒冷的夜里,我们
拥在浪尖,抱头痛哭
　　　　　　　——《我与一位女孩走进森林》,1999年

大海安静如斯。我孤然一身
北来的寒流,擦过突兀的悬崖
　　　　　　　——《半岛书》,2003年

我们靠两个人的温暖活了下来。
　　　　　　　——《在京沪高速公路旁》,2006年

身体里最后那个人,孤独地,
蹲在一只烟斗上,调和云的浓度
　　　　　　　——《在必要时报时》,2012年

> 他就坐在露天泳池的边上。加进水中的人群，
> 不断松动着远处的波浪。他静无一言，脚又狭又深。
>
> ——《森罗万象》，2013 年

尚未触及语言危机的时候，一种有关存在的危机早已被感受到了。在肖水的诗中，这体现为作为背景温度的寒冷、作为背景色调的阴郁和作为背景音的"孤独感"，这里主体的身份不再是诗人，而是一个被剥去了一切装饰的"人"。寒冷、阴郁和作为一个人的孤独感充斥着肖水的三部诗集。

肖水所强烈感受到的这种孤独感，事实上首次出现在波德莱尔的作品中。"孤独"，按照弗洛姆的讲法，即是主体的虚弱、失去了积极地把握世界的能力（弗洛姆《爱的艺术》）。孤独感是与生俱来的，它发生在人意识到他与世界的关系发生割裂的时候，因此只有到了现代世界——随着启蒙、理性、科学、资本的全面胜利——孤独才成了一种强烈而普遍的感受。孤独感是现代性问题的征兆，本质上它是现代人独有的症候，整个存在主义哲学，从萨特、加缪到海德格尔、克尔凯郭尔，本质上都是为了医治这一症候。对它的觉察因而也成全着最初的现代诗人：

> 一张小小的帆影抖动在地平线上，它小，而且孤独，仿佛我无可奈何的人生，还有那单调的海浪的旋律。
>
> ——波德莱尔《艺术家的忏悔》

作为现代人的标志性特征，孤独在我们的诗歌中自然也不是什么罕见的主题，但对孤独的体验像肖水这样细致和强烈、书写又如此之

密集的诗人事实上屈指可数。在中国新诗史上，"诗人的孤独"是一个由海子、戈麦联手创造的神话，肖水早期诗歌中的孤独体验显然也来自于这一神话。《我与一位女孩走进森林》《半岛书》中所展现的孤独，与其说是孤独的体验，不如说是对孤独的想象。这一点在《文森特》（《米沃什词典》，第311页）等诗中可以看得更加清楚，通过同凡·高、米沃什的对话，诗人将自身视为一种镜像，这种孤独的本质是对自身身份的超历史的想象，这时主体的存在危机尽管被感知，却尚未得到精确的把握。但是在《在京沪高速公路旁》一诗出现以后，也就是肖水渐渐成熟起来的时候，孤独感获得了一种具体的真实，有如切肤之痛的孤独感开始出现在每一首诗特殊的情境里面。最开始的孤独仅仅是基于个人的生存境遇，比如"别人看他们的眼神"（《在京沪高速公路旁》），而到了"小说诗"阶段，肖水不仅从自身，也从他关注到的每个小人物的身上觉察到了这种孤独。肖水诗歌写作的每一个面相、每一次转变，包括"向内行走"的旅程，都和他对孤独感的经验和回应有关。

三

肖水的第一部诗集《失物认领》中已经出现了多种克服孤独的尝试路线。最直接有效的一种就是《情事》（2007年）一诗给出的解决方案：

你记得他的身体像一枚橙，轻轻
被剥开，露出一夜积雪和陡峭的岩石。

汁液漫了一手，如同
春天，一滴，一滴，泛滥枝头。

摇摇欲坠，花骨撕裂花骨，
更钝重的云朵，迅速从山后涌来。

世界倒地，一团漆黑。三两鸟声
渐次响起，仿佛与人隔着一扇木门。

这首诗称得上是肖水早期诗歌中短诗写作的制高点。洛盏在谈论肖水诗歌的修辞动力时就用这首诗来说明肖水的那台"肉色马达"："肉色马达发动起浓稠的情欲，而情欲的主观、即兴和不可预知恰巧对应了意象的跳跃……稠密意象的潆洄，对应了诗人白热化敏感的毛孔和神经，同时兼具比例感和精确性。这种比例感的获得不是通过智性标尺的测量，而是使'身体本身成为标尺，犹如站在屋里就能感觉到屋顶的高度一样'。"[1] 不过，在与《情事》大约同一时间段的诗作，如《城外遇秀才记》（2007年）、《纪念日》（2008年）等诗中，情欲的书写也出现了，但那台肉色马达却并没有像在《情事》中表现得那样好。因此进一步讲，《情事》的成功是有原因的，它集中了全部的精力只做了一件事，那就是用爱来回应孤独，并且相当成功，诗人回到了"鸟声"和"木门"的古典时代，因此，《情事》一诗的写作状态乃是一种克服了孤独和虚无危机之后的状态，这种状态中主体感受到了自身存在的绝对性。当然，春宵苦短，求诸爱显然是无法从根本上解决问题的，危机在这里仅仅是得到了缓解。

第二条路线是长诗《失物认领》（2011年）。作为整本诗集的标题，这首诗无疑是肖水早期诗歌最具代表性的一首，它综合了诗人这一阶段所有努力的方向：修辞技法、象征语言、情欲书写、叙事和结构能

---

[1] 洛盏：《雾中风景与言语蜂蜜——论肖水》，《名作欣赏》2013年第22期。

力乃至主体的自我建构。长诗的结尾,我们可以清晰地看出肖水的意图:

> 他们的旧居上,今晚落满了猫头鹰,没有厄运
> 降临,也没有太多的祝福停靠在陌生人的头顶。
> 空空的稻田,冬水像一层遮蔽,也像厚厚的棉被,
> 将所有想在田埂边取暖的人,都悄悄地召拢来。

如果一定要概括的话,可以说这首诗写的是一个家族祖孙三代人如何共同承担着生命本身的痛苦。家族、亲人,赋予了诗人一种足以同命运较量一番的力量,使孤独虽然仍旧痛苦,却已别有了一种意义,因而诗人第一次获得了直面虚无的勇气。寒冷和阴郁并没有被驱散,但是诗人已经获得了"取暖"的方法。末句肖水又展示出了一种难得的辽阔,他试图使他从家人那里得到的力量最大化,甚至恢复人与人之间相互的关联。

《失物认领》所代表的路线,在肖水后来的写作中得到了漫长的延伸,如《松枝》(2012年)等,尤其是"小说诗"写作阶段的一些长诗,如《肉身礼》(2015年)、《南溪乡》(2015年)、《恐龙特急克塞号》(2015年)、《乡卫生院》(2015年)等,事实上都是由《失物认领》演化而来的。不过,时隔数年,肖水已经更清醒地认识到自己面对着什么、想要做什么。诗变得更加复杂,在这些"长篇小说诗"中,肖水不仅处理了存在的危机,也处理了语言的危机,他的方法是将《失物认领》中的"家人"转换为更为丰富的"童年":

> "童年"作为一种方法,应该生成我们新的视野。作为一种回忆,也作为一种符号……"重建"一种指向"家园"的精神景象……构建一种"迷人的混沌"。[1]

---

[1] 肖水:《童年的往生》,《名作欣赏》2013年第22期。

不论是散文《童年的往生》中轻描淡写地路过滔滔山洪去上学前班、爬上四合院的窗户偷看电影、去山里搜寻"竹子鬼"，还是平日里肖水讲过的他童年的其他故事，都使我对那个迷人的湖南乡镇心向往之。在肖水的身上，真能看到那个到处走走看看闯闯、"读一本小书同时又读一本大书"的沈从文的影子。

事实上，同卞之琳当年遭遇的困境相比，肖水经历的处境变化其实更具有普遍性。肖水面临的困境不仅是一个知识分子主体自我定位、建构的困境，更是我们这个时代一个相当庞大的群体面临的精神困境。假如阅读过《童年的往生》和《恐龙特急克塞号》等诗歌，或听过肖水在复旦曾做的有关自己童年经验和写作的讲座，你就会明白只身来到上海对肖水而言意味着什么，孤独又为什么会成为笼罩肖水诗歌的阴影。肖水在试图解决自身的危机的时候，也是在试图解决当代人在飞速的现代化进程中所遇到的精神危机。孤独感同现代性之间的关系或许可以这样表达：童年和家园的消逝恰恰是存在的危机产生的原因。但是毋庸置疑，对童年的追认并不能在事实上重塑童年，这一尝试将始终是一种补偿。

第三条路线与其说是对危机的克服，不如说是认可。这条路线其实发端于肖水早期的那些同凡·高、米沃什镜像般的对话。后来，通过不断从镜中收回自身的影子，他反而把自己看得越来越清楚了。在这里，有必要重新阅读《微光》（2012）一诗：

> 天空中，斜生的树枝通过开花
> 保持必要而绚烂夺目的孤独。
> ……
> 没有事物会主动拾起地上的软刀
> 唯有爱可以使自我免于最先死去

> 或者歧义之中还有更多光亮，而
> 我的一生注定只负责失败的部分

　　陈丙杰在考察肖水《渤海故事集》中诗歌的境界问题时，发现了《微光》一诗的可贵之处："《微光》……让人震撼、让一代人深有共鸣……偶然触及生命深渊。"[1]《微光》一诗的确当得起"触及生命的深渊"这样的评语，但需要指出的是，这绝不是什么偶然，肖水恰恰是一位一生都在生命的深渊上走钢丝的诗人。

　　这首诗用启示性的语言揭示了孤独"必要而绚烂夺目"的一面。像前面谈到的弗洛姆一样，肖水也认识到"唯有爱可以使自我免于最先死去"。但紧接着"或者"出现了，这里有两点需要我们去分析和理解。

　　首先是那"歧义之中"的"更多的光亮"指的是什么？结合肖水对自身诗学观念的讲述，这无疑指的是诗歌的前景。肖水曾多次表达过他对于伟大诗歌公认的品质——"精确性"的思考。"精确"在肖水看来也许更像是一种逻各斯中心主义的表现，而后者正是西方文明的核心精神。肖水试图用"迷人的混沌"（《童年的往生》）来对抗"精确"，以期为汉语诗歌寻找到新的未来。尽管客观上讲，"精确"本身未必是必须仅仅依靠理性来达成的，因而未必就矛盾于"混沌"，但肖水的这一提法对于我们时代一些流行的诗歌潮流，即那种把诗歌写作等同于操纵机械，而对于神秘、智慧毫无察觉的诗，仍然具有相当重要的纠正作用。

　　接着就是如何理解"我的一生注定只负责失败的部分"。这里涉

---

1 陈丙杰：《"我的一生注定只负责失败的部分"——评肖水诗集〈渤海故事集：小说诗诗集〉》，《南方文坛》2017年第2期。

及肖水诗歌的一个惯用的结构,即"后死亡想象"。肖水的诗歌中常常出现诗人对死后世界的预言,好像他已经预知并接受了自己的命运。赵燕磊在他对肖水的新绝句诗集《艾草》的研究中,观察到"未来"在肖水诗歌中的重要位置:"在肖水的思想和诗歌体系中,当下不是他追求意义的重点,对过去他觉察到无法去对抗这种不可逆的力量存在,所以未来变得非常重要,或者说如何抵达未来变得意义非凡。"[1]他也十分清晰地指出了"未来"对肖水意味着什么,未来指的就是诗歌的未来,未来是同诗人身份联系在一起的。肖水诗歌中的"后死亡想象",传达出的反而是一种对未来的坚信:

> 我梦见某处,风已经发生,无需太长的路途,
> 月光将使一丛栀子的阴影,变得洁净。
>
> 是的,就是这样,我在雾中等你,
> 我不介意参加完自己的葬礼,再步行回到这里。
> ——(《风景》,2007 年)

"我的一生注定只负责失败的部分",其实同义于"我不介意参加完自己的葬礼,再步行回到这里。"《微光》所揭示的第三条路径,是承认孤独感,既而用"使命感"来对抗孤独,诗人坚信由诗歌构成的未来能够为虚无赋予意义:

> 但我意识到了"天命"在我短暂易逝的生命中所造成的影响。……我们需要做更细致更长久的工作。这种工作首先需要我们对汉语诗歌的"词语丛林"作重新"清洗"……清除长期以来

---

[1] 赵燕磊:《从过去到达未来的背面——读肖水〈艾草:新绝句诗集〉》,《诗林》2014 年第 6 期。

附着在汉语上的杂物或凸起,保留那些使语言变得锋利、有效的材料。[1]

然而,"使命感"归根结底仍是一种想象,是对孤独的象征性的解决。无论是爱、童年还是使命感,尽管都具备一定的效用,却都无法从根本上解决肖水的危机。但肖水的诗歌中还存在第四条路径,那条路漫长、望不到尽头,但依稀有一些萤光在闪耀。

四

从 2015 年底到 2016 年 9 月,不到一年的时间,肖水完成了四部"故事集",构成了他的"小说诗"诗集《渤海故事集》中最重要的部分。在这四部故事集之前,相似的尝试其实很早就开始了,《渤海故事集》中第二辑诗就是这样一批写作的集中展示,其中最早的一首是写于 2007 年的《鲜鱼市场》:

鱼案一米见方,
上面有朱小超的生活,也曾
停留过绕过他老婆头顶的,一抹昏暗的阳光。
现在,老婆死了,苍蝇成了天天等着他收摊的那个人。

在这片土地上到处行走的这些年,肖水想必阅尽了世事人心。尽管由于现实力量的匮乏,肖水只能退回卞之琳意义上的看风景的位置,但他仍然用诗歌进行着艰苦的工作,为最终向现实伸出那只"巴枯宁的手"(萧开愚《下雨——纪念克鲁泡特金》)做准备。肖水早期的

---

[1] 肖水、木朵:《孤独的,未来的——诗人肖水访谈》,《名作欣赏》2013 年第 22 期。

诗歌事实上是缺乏这一维度的——尽管他师从米沃什，但无疑青春时代的他并没能做到米沃什意义上的"诗的见证"（米沃什，《诗的见证》），未能驱使自己去同更广阔更具体的现实发生联系。而在《渤海故事集》中，我十分欣喜地发现了肖水诗歌中这一维度的诞生。这也是"小说诗"同"小说"之间最为本质的联系，即它们要发现和展示我们时代人的境况、人的"风景"。

四部故事集中，《南岭故事集》的故事发生地大概是肖水的家乡湖南郴州，《江东故事集》则是发生在江南一带，《太原故事集》讲述的是肖水在山西度过的本科时代，《渤海故事集》则讲述环渤海地区的人与事。简而言之，四部故事集的发生地都是肖水曾经深度生活或频繁游历过的地方。每部故事集由十首四行短诗组成，大部分诗都使用了第三人称，所写的有些应是肖水自身的故事，更多则是他在四地的见闻。这些故事中我们看到了形形色色的小人物：在外滚打两年才回家的失败者（《炸药工厂》）、冰灾封城住在乡下的朋友（《涌泉门》）、为病重的祖母寻找巫师的"我"（《阳山关》）、纵身跳下戏台的湘昆艺人（《骆氏宗祠》）、被警察押送的妓女（《沿江日夜》）、自杀的姑娘（《许西街》）、做伐木工的父亲和经营杂货店的母亲（《末日物候》）……

不过肖水的小说诗同现实主义小说相去甚远。在写作方法上，肖水的小说诗尽管吸纳了小说的语言，但仍然保持着他诗歌一贯的方法，使用克制的语言和意象去呈现心灵幽微之处、难以把握的情感。他的小说诗将生活和旅途中看到的"风景"转化为了对每个个体灵魂的透视，比起物质生活的境况，精神的境况无疑才是肖水的小说诗最具意义的着眼点。这也就是本文第一部分所说的"向内行走"的意识。

小说诗的写作从来源上看，是一种需要投入最具体细微的生活中去的写作，主动出走、观察、交谈、同情并透视，是小说诗写作必要的准备,因此小说诗的写作真正同现实发生了实在的联系,是一种"作为写作的行动"。这是一项具有创造性、且从根本上恢复了诗人同世界之间的联系的行动,写作、行动和联系成了一个统一体,诗人主体在这样的写作／行动／联系中可以获得一种辽阔。这就是肖水面对孤独和虚无所亮出的第四把剑。

事实上,肖水很早就认识到了行动才是最终有效的解决方案。肖水的许多诗歌,如早期的诗歌《民国十三年》、新绝句时期的诗歌《艾草》等,都描写过"耕作"的行为:

既然无可逃脱厄运,为什么不双脚踏进稻田?
——《民国十三年》,2005 年

而家人继续为一株淡绿色小麦劳作,他们漫不经心,汗水淋漓。
——《艾草》,2010 年

只不过,和前文谈到的童年、使命感一样,耕作的行动在当时的写作中同样也是一种象征性的解决。直到小说诗阶段,当写作真正突破了它和行动之间的界限,主体进入充满了联系的状态,孤独、爱、童年、使命、风景、行动、联系才可能获得统一,肖水才可能找到一条也许能够走下去的路。

肖水的这一转向背后还有一位不容忽视的帮手:美国诗人布劳提根。肖水和陈汐合译的布劳提根小说集《在美国钓鳟鱼》正式出版了,译诗集《避孕药与春山矿难》也即将出版。肖水从 2004 年便开始了对布劳提根诗歌和小说的翻译,到 2015 年才基本完成。对布劳提根的研究也是肖水博士学位论文的课题。布劳提根亦是一位行动派的诗人,他本人过着清贫的一生,他幽默、跳跃的诗歌内里其实饱含着对底层人生活、精神境况的关怀。也许肖水在发现当代人的精神风景的时候，布劳提根也借给了他一双看不见的眼睛。

　　肖水在小说诗中使用的语言，明显较此前诗歌中的语言更加简单、直接，这一点应当也同布劳提根不无关系，布劳提根的天才之处正在于使用日常的语言创造出奇迹般的诗意。不过这种语言的背后传达着一种观念，也许这才是布劳提根最具启示性的一点：诗歌，是否能够再次成为柏拉图所说的那颗"赫拉克勒斯磁石"，将人类重新紧紧地团结在一起？（柏拉图《伊安篇》）

　　这一问题是隐藏在每位诗歌写作者背后的终极问题，肖水的诗歌也在潜在地处理着这样一个问题。他本人也许不会承认，但他的写作只有时刻朝向这一终极问题，孤独的危机才有可能得到真正的解决。事实上肖水也是这样去行动的，这些年他付出了巨大的心力，在复旦主持建设了良好的诗歌生态环境，为当代中国新诗的青年写作者搭建了一个交流的平台。现在，翻开 2013 年底他送给我的诗集《失物认领》，看到扉页上他写下的"诗可以群"四个字，我觉得自己仿佛看到了整整半个世纪之前，布劳提根提着一袋《请你种下这本诗集》(*Please Plant This Book*)走在大街上，向来往的行人分发着诗歌的种子。

"诗呼吸"短评选

"诗呼吸"系《诗林》一刊的常设栏目,近年由诗人肖水主持,周乐天、李尤台协助,刊发青年诗人的诗歌及相关短评,在当代诗坛具有一定的影响。其中不乏许多同辈诗人、论者对复旦青年诗人作品的讨论,本书选择了部分短评,力求更全面地呈现复旦青年诗人的不同侧面。

肖杰的诗(刊于《诗林》,2019年第7期)

肖杰这组诗以许许多多自身具备着很大容量或是重量的词语向读者宣告了他强烈的抒情气质。感官崇高且阴郁,格调相当一致。以方法论来说,强烈源于对抗,悲剧性对抗为诗歌抒情主体树立一个靶子:或铜的哑火、或梦的缠绕不能出去,诸如此类。现实的疙瘩磨蹭不会对抒情古老的火焰有任何回答,现实绝对保持不介入,我们由是获得印象:诗人是阴郁的,但他热烈地挑逗着一个不搭理他的社会。抒情在这种"没有反馈"的反馈下反馈到它的读者的内心,形成反馈。诗行递进的强大情绪惯性几乎注定,取悦构成取信,黑暗依赖囤积。我得说明:囤积于独特性是一种反动。因为它的"相当一致",甚至拒绝细嚼慢咽以分辨异质。诗歌的黑暗提出更高要求：作为加法积分的黑暗，要非常稳定，使黑暗严丝合缝彼此支援。肖杰在这点上做得很好，他始终没有让偏向现实那头的焦虑从修辞中取得太高的效率。这是诗人的美德。

——李尤台（青年诗人）

  肖杰的这组诗，乍一看，稍稍偏离了当下的青年写作路线。他常常以季节或者风物为题，且无意挖掘或建造太过新颖或奇巧的内容。在语言上，他所追求的平和、延绵、细腻感也要远远多于纠缠、造作、惊人的某种当下语感。

  这种偏移，可以说，是从喧哗转向宁静。"黄昏中总有人在栽种秘密／就像我们的曾经，那么迟疑地，／在水面留下影像与名字。"当诗人很耐心地诉说内在世界时，沉静的气质就会把实际上不安的情绪变化为整饬的句子。

  "摇摆""迟疑""懊悔怯懦"等词的频频出现，在肖杰这里，并没有显得无病呻吟，反而是增加了他的可信度。这并不是说这些词符合诗人的形象，而是说这些词的安排之恰当，恰好联结了读者的内心，在语言层面上建立起了枢纽。

  最后想说，肖杰是当下"九〇后"写作者中，极少的具有很强抒情性的诗人。希望他的语调将一直为我们提供慰藉。

——周乐天（青年诗人）

  阻滞，这是我读肖杰诗的最大感受：不仅是语言节奏上的崎岖，更是意义上的晦暗和歧途丛生。一种惶惑焦躁，倦怠不安的情绪弥漫在这五首诗中，即便是轻快如《永恒之夏》，也"在这个午后黑暗的深池中结束","童年是久远的岁月，/秋天是可怕的城池"。记忆、传统，甚至语言和诗歌本身，都不再是值得留恋和回味的东西，而变成了压迫。诗人创作，也就是不断为自己带上语言的枷锁，"一串串悲哀的错季葡萄／如此鲜美、多汁，宛如崭新的颅骨／在深且宽大的方盘里发光。"

——卢墨（青年诗人）

周一木的诗（刊于《诗林》，2019年第8期）

周一木的作品通过他喑哑又闪烁的叙事，使他对生活的思考获得了一种"暗室磷光"的气质。但这种叙事有多少是本身突出生活之流的事物，有多少是生活幻化而成的小说式的碎影？两者对文本之成败的关键可能不在于比例，而在于几乎撑破身体又不脱离身体的那张极具表现力的面孔背后具有的张力。周一木不仅在点燃某种光亮，还需要让火舌在力的表现中去舔着读者的戴着厚厚口罩的脸。

——肖水（诗人）

周一木似乎是一个迷恋于打开和关闭行为的诗人。好几首诗的开篇，如《植树问题》"失败了大概数百次我才意识到"、《岸上冷泥和一张长凳》"打开了满筐妄图做旧的日记"、《窃图卷》"我原本并不认识他"等，无一例外的都是某类自我打开行为，在这些诗句的"诱使"下，读者总是不经意地缓缓滑入他所营造的心境中。正如《植树问题》所隐约透露的，一个热衷于解决问题的人，常常需要另一种结构性的补充,即解决"无法解决问题"这一问题的方式;而"与自我和解",似乎就成了周一木诗中常见的母题。就像沙粒掉入蚌肉中一样,在周一木的诗中,我们并没有看见或剧烈、或带有猎奇意味的排异反应,而总是在"漫长的交涉"(《植物问题》)或"不温不火的温度"(《秋感重复》)中,又不知不觉地迎来了其关闭行为(例如几首诗末句中出现的"结束""睡"和"关")。期待与酒神精神相遇的读者大概要在这里失望了,但是正如我们常对一只蚌所默默忍受的珍珠报以耐心一样,我们是否也可以对周一木之诗蚌的再次打开抱以期待呢?让我们拭目以待。

——曹僧(诗人)

读周一木的诗,会觉得他是一个诚实的观察者,诚实到近乎平实地呈现他的所见和所感。我们可以看到他在诗中悉心地描写周遭的事物,譬如爬山途中,"一双沾着尘灰的凉鞋""金黄的颗粒和堆置在一旁的朱红芯棒",譬如"一地发黄的针树叶"。趋于静止地观看,然后体味。随后,在这样触手可及的真实里,缓缓展开他内心的变化。而诗人内心却像是与外界隔开的,是静置的,如同《窃图卷》中的图卷一般,陈列在封闭的展示柜里。伴随着这种静置的,则是一种对事物难以把握的无力感,诚如《植树问题》中所言,"植树不是桩随心所欲的事",诗人自身则仍是"未经定义的气体"。似乎是对这种困境感到不满,诗人盼望"结束这静若回环的成长"。"坦然的运气"固然令人雀跃,但足够细心的观察之下,或许也能看到"更为宽大的海洋浪潮"。

——朱万敏(诗人)

洪樵风的诗（刊于《诗林》，2019年第9期）

几首短诗里，先会坠入诗人对画面把控的克制，即精简一处场景的呈现。这种克制更多生发于对生活经验的体察，通过拼贴生活片段或聚焦某特定场景，注入了词语的张力，从而构成诗歌中空间性的视觉表达。诗人的空间构建方式常以"多年以后""从前""起初""终于"等表示时间的词汇作场景转换，在短诗的铺陈中，更像是将时空折叠压缩，再派出修辞"间谍"刺探田径队"为森林盗出一整筐菠萝"般的奇幻色彩想象。随着时空的跳跃与翻转，各自行动的人、物共同绘出"牢不住"的地图，这也显示诗人对词汇有敏感的经验感受。

前两首诗中可发现诗人在同一节中用重复相同句式——"仿佛""像是"来描摹个人体验的想象力，映出表达的方向或情感。这可视为一种回旋式结构，它以自身经历为中心领域向外插旗，扩张中又稳住向内探寻的过程。更细微的回旋如"快要恶心了"与"满手幼虫"的感受暗合，"钱在手上攥皱了"与"你把钱用完了"引出人称指代，展现叙事先后逻辑。如此或显或隐的回旋可被看作是拓展：它增添空间层次，同时也粘连了前后叙述，形成一种半封闭的状态。同样拓展了空间的方式包括将现代日常散漫生活融入"误随车"的"信马闲游"，"我邀请你／做窗台之会"联系随后出现的"肥苹果榨汁／你滚烫地喝""我想起你／忘记过的好曲子"便容易想到"朋酒之会"，如果回旋是平面横向拓展，那么诗人尝试借用古典则是纵向的比对扩展。

从词语细读中跳出，还可发现诗人叙述视角多以自身出发，其他人物出现更多被人称取代。不论是"你""他"还是"我们"，诗人将他们普遍化，不关注细节如"染淡青色头发"，而是引出一段状态，任何人可以代入其中。如果从诗人王子瓜解读王敖在《王道士的孤独之心俱乐部》中的化身来看，王道士作为王敖的替身旁观诗歌改造的生活，那么诗中的人称与诗人的关系可以是开放的、游离的。若掺入对诗人的日常印象，"他"走下出租车"背完稀有的独白"可能是诗人拿出一面镜子，反照出自身习惯。同样地，诗人也可成为"化身山水的人"继续为漫无目的的人指"街上的寺"。《敌人》一首不同于对亲历经验的改造，它像是尝试用"动乱"与"采菱而归"之间的反差拉扯出一种危机平息后迷茫困惑的情绪，或许诗人之后能通过塑造有性格的"替身"为自己找到另一道"开向海边"的门。

——陈霏（青年诗人）

    缓慢的语调中，贴近生活的图画徐徐铺开，这些关于山水与社区环境的人在叙述中留下一些朴实的印象。他们并没有正脸，而是通过其他间接的环境现身。诗人并没有给我们指示明显的感情符号，却通过一些绷紧、如藤蔓般相互缠绕的意象，跳跃却说出一些事实。在我们走近场景时，不难猜到他的心境，怀念与克制，不明确中确实有着朦胧的美德。我们看到的不仅是雾、植物与房屋，更有隐在其下的野心。

——李玥涵（青年诗人）

    一个宏大的时代在追问诗歌存在的意义，而诗歌不屑于回答机械反映论的现实观问题。必须找到一个漫不经心但又敏感的切口来打开诗歌的政治现实性维度。一代青年的写作究竟意味着什么？洪樵风的几首诗中暗藏着一种典型的当代文学青年形象，在夹杂着反讽和无奈的语调中，青少年成长环境的荒谬性被准确地呈现出来：俗不可耐、间谍般的老师、泡影般幻灭的爱慕、指标化的体育课……近年的观察里,越来越多的青年身上呈现出马尔库塞所说的"单向度的人"的影子,他们眼中再也看不到现实的不合理性。而一颗诗人的内心促使诗中人珍惜着每次类似"考试取消"的时刻,闯入本雅明的"都市游荡者"序列,去"迷路",或效法古人"误随车",去丈量奇异的世界;哪怕干脆什么也不干,"就傻笑",来抵御社会机器对一个个体自生至死的周密计划和规划。从这个角度来看,诗歌的写作是最无法同合理性规划相兼容的行为,它使得诗人得以洞察到"另一世界"的存在,他可以同时去那里做个理想公民,那个世界并非什么镜花水月,而正是此世的矫正者,悬在虚空中,它时刻敦促着诗人再审视一下他们塞给你的东西,再想一想什么才是真实。

——王子瓜(青年诗人)

陈霏的诗(刊于《诗林》,2019 年第 10 期)

《鼻腔瘙痒》是这几首诗中我认为最能代表诗人技艺水平的,也是我最喜欢的一首。可以看出诗人对词语效果的把控趋近熟练,在语气和内容上也未见短板。"当你穿过陆地崎岖的热流,我握住掺进鱼腥草的泥土,造好一座巨鹿发电厂",此句中,空间折叠感佐以顺畅的语气,让诗作如一件手艺成熟的器物,而未曾偏离的内容作为器物独特的内核,让诗作远离语言游戏的困境。

在处理词语的技艺上,除了将词语进行撞击来尝试是否会发生精彩反应外(如"被遗弃的杨梅,松开一颗颗扣子"),另一种方式是凭借对生活的敏锐表达可感的语言（如"像从砖缝里拉扯一根紫红的花"），前者需要尝试的勇气且象征着野心，后者更易为读者留下入口，但敏锐性本就是难得的。诗作中频现抓眼的语言效果，并能与诗作内容产生适配的反应。虽然少部分诗句仍有刻意制造词语陌生化的痕迹，且未对诗作整体产生正面效应，但这是词语练习过程中必要的尝试与经验。

诗人对环境的雕琢丰富，大多数可呼应填充情绪上的留白，但在内容推进和语气承接上有些不支，导致转向实质内容时可能会破坏诗歌整体的语境。

我相信高明的诗歌不会只是精湛诗技的产成品，它们远超优秀，依附于捕捉灵感的天赋，诗作中灵感的痕迹像一株待点燃的火种，让这位青年诗人可期。

——谢江楠（青年诗人）

陈霏的诗在细节上有着出色的洞察力，在各类诗体形式的变幻与短长句的交错中重塑着经验。这是一种即物的写法，其意指只是偶尔出没于能指的森林之中。她的比喻很少是断裂于文本之外的，而是导出一个个与整体的语流相契合的新意象："窗外光线似乎没有变，比干花还碎""软膏似的纠结"，散文诗稠密的意象排列，正勾勒出一场词语的骚动。而有时则是更复杂的双层比喻，配合科学化与肢体化并举的现代物象："微植物在根须发霉，／像拳头紧攥，砸中皱皱成雾的屏风。"对于叙事的把握，则倾向于在细节的支流中不断发散与溯回，小如一次野外劳作，也可以在每一个短小的诗节中呈现各自独立的景象，但这些景象，诸如卡车的内外、鸡场、船、楼下的米粉店，像一个个盆景那样组合在一起，隐约由一条行踪的线勾连。这样的结构方法以最后一首《泡龙井》最为典型，四组镜头之间空白交由读者处理，文本所直接处理的事件与细节则越来越精要，甚至用近乎格言的方式书写，"渴望是唇边初生的胡须。"同样也是隐喻，但在本体向喻体的跨越中达到了智性的表达。

——谈炯程（青年诗人）

  读陈霏这几首作品，首先我们可以注意到一些动人的比喻。它们有些显得陌生而华丽，与对于平静生活的叙述形成对照，如同湖水也有反光明灭，闪烁间将诗行悠长的节奏"攥紧"。比如《野外劳作》"蚊子激动地抖落一只金边莲蓬"，在暮色中铺叙的江边景致至此陡然被烟火般盛大的光亮映照；《在启明星定居》"像地震，光在你脸上／反而凹陷下去。"，开篇便向人传达出似乎是劫后余生般的寂静。有些则仿佛从生活的一组镜头里复制、粘贴于其中，因而颇具一种奇妙的、松弛的亲和力，如"此时草丛里／被遗弃的杨梅，松开一颗颗扣子，／假装与深色人群同体。"（《在启明星定居》），"此刻我是物质狂，也可以成为保鲜袋里未鼓起的空气"（《晴朗小记》）。而在一首诗的内部，使不同幻想相互连接的往往是对于生活波澜乍起之处的感知，在一些变化发生的关键时刻，更在如此那般以后，留下"打火机糊开沙发靠枕"，中断了"你画我猜"的焦痕。对于"变幻"的把握亦可从《泡龙井》一诗中感受到，读者对于茶水的长久凝视，为四个反映茶水状态变化的二字小标题利落地切分，因而除生活本身的悠长气味以外，我们更可以从中品尝到一种新鲜的果断。"补充"一词作结，也在温柔以外戏剧般地增添了时间永恒的凛冽之感。在这几首作品中，时间如同一种永恒延绵的尺度，而生命变幻的紧张时刻，也只是江水"被反复拆散"的皱褶的虚影。

——张雨丝（青年诗人）

吴泳泳的诗（刊于《诗林》，2019年第11期）

诗歌的语调是打开一个诗人的钥匙，语言会骗人，情绪会骗人，但音色不会，缺乏才华和耐心的庸手，常常把能好好说话的舌头降格为一把尖叫的小号，而有所准备。诗人则抚摸着背包里的玩具，时刻打算在临时的排列中让它们发出光。细察吴泳泳的诗，你很难把它们归类到某个传统中，诗歌的发生被作者配上了足够复杂且细微的路径，它们"毛茸茸，刺痒，易碎"，朝向的是鲜活的意识本身，语调很少见的维持在一个不伤害也不妥协的频率上，连黑暗的降临都显得迷人和有分寸，只是"在任何年代，写真的意义都是假"，语言的轻在她的诗中因此退场，世界的重砸下来却不是万吨黑暗，而是卡夫卡式的虚假和悖论。她的诗把智性的光亮控制得恰到好处，不打算冒犯到毛毛躁躁的看客，只是在一边不断地提醒：诗歌的底线是不愚蠢。我是她热心的读者，语言的迷人已经让她成为我心里发号命令的那个人。

——朱铟朱（诗人）

里尔克在《致一位青年诗人的信》中提出这样的建议：把自己当作是最早来到世间的人之一，试着叙述你看到、体验到、为之钟情的和失去的一切。吴泳泳的诗语中即保持了这种对事物应有的敏感和体察，并理智地把握事物之间具有象征意味的联系，在凝神沉思中，捕捉日常生活中的重要瞬间，赋予唤起夹杂着回忆的复杂情感以新的表达形式。在她流淌着"固执的精心散漫"的诗节中，充盈着对生命、自然、爱情、自我等多个维度的受力感知，也包含着对诗歌写作及语言内部的探寻和观照，诗人的主体形象常常在诗的玄想中得到交融式的彰显。

云、光、雨水、金鱼、飞鸽等作为吴泳泳诗中常见的自然物意象，共同具备着或漂浮，或流动，或飞悬，总之是处于某一种过程中的"漂移"（《照看》）的状态特征。一些经自然景物触发的诗人内心的情感、思想，借由人为的并置关系，最终又回归到对自我的审视和指认之中，这是吴泳泳诗作中的常见现象。这种衔接的向度展示了一位"飞内的自我的偏废者"（《飞内》）的诗人形象，但是其诗作体现出来的情感和精神却又不是软弱或完全内倾的。她的散漫是"精心的""固执的"，"尽管外部漂移，/我心中 其实有一具凝结的石膏像"（《照看》），而石膏像作为雕塑的材料拥有"在慰藉中沉默下去"（《伦勃朗》）属性特征，其中蕴含着多重层面的复杂因由。

读吴泳泳的诗总能感受到事件的展开状态，在这种状态中浇筑了充实的哲思，持有对生命中一些悖论的追问，对虚无的抵抗和对于美的信念的表达。自身经验作为特殊的过渡形式，在此种永恒的展开状态中得到了不断的拆卸与重新组合，投射出一个抒情的表象，一些精微的领悟。

——陈爻川（学者）

泳泳的诗具有一种波光粼粼之感，像是透明、光、水和想象的悬浮并置，读下来如同一次断片的神游。其诗歌大多体裁小巧，也与其内容的轻盈气质相得益彰。

泳泳诗中，名词与动词的独特搭配，经常使人读后，能在想象中获得全新的感官体验，如"说话时影子砸到地上／像被咀嚼的花枝"，"你停留的脊背滑出来／一些夜晚"。影子、夜晚本来是偏抽象的，但搭配"砸""滑"等动词,就被赋予了新的质感。这种动名搭配有时在几篇诗中形成了对话。比如在《玫瑰在渴死前是一间起皱的玄关》中,"事情——(一朵一朵)枯萎"与"玫瑰—渴死"。《盛夏之夜》中"水果—腐烂"与"话—坏掉"。

泳泳的诗通常神色淡然疏离,但也有像《散步史》一样的诗,结尾"坐着"二字显露出十分冷峻的表情。她的诗放大感官的细微,有想飞的欲望。诗歌写作是对写诗人自己的提问。内向写作,自我如何成为澄澈的体裁而不成为束缚,以抵达透明的混沌,也许是她的诗对她的提问。

——Nittin(诗人)

第三辑 访谈

诗是岁月的馈赠
——洛盏访谈

陈丙杰 × 洛盏

在"八〇后"诗人中,出生于 1987 年的洛盏,目前在复旦大学图书馆行政办公室工作。偌大的办公室,他选择了最不引人注目的角落,并且在角落里立着两个直角书架,摆着中外诗歌著作和理论书籍,只剩一个能容一个人出入的通道。这个看起来与整个办公室"极不协调"的细节,却与这位诗人的生活、写作和性格极其妥帖。实际上,他的日常状态就是在工作之余,尽力避开热闹的名利场,安静地阅读、思考,精心打磨自己的诗艺。至今为止,洛盏仅出版过处女诗集《沐浴在县城》(2012 年),尽管其中有为数不少的习作,但诸如《景象一种》《桐城南路》等一批作品,以修辞的准确和真诚,早已赢得了诗坛的关注和尊重。此后的写作中,洛盏的风格有了较大转变,典型表现为修辞更加从容,显出了铅华落尽后的开阔和自如。可惜他一贯低调的风格,使广大读者较难从微信、博客、期刊等媒介中阅读到诸如《理想的小城》《微光》《豆豆》等新作。因此,借此机会,本次访谈期待通过与洛盏聊他的创作、批评、诗歌观念,给大家呈现一位沉默寡言者丰富的内心世界。

陈丙杰（以下简称陈）：在诗歌圈中，大多数人可能知道你是一位优秀的"八〇后"诗人，但很少有人知道你是一位同样出色的青年批评家。特别是在二十岁出头，在写出《桐城南路》等作品之后，又写出了《在虚无中冒雨赶路》这样充满理论反思色彩的文章。尽管这篇文章中有些引用地方尚缺乏独立反思，但这种谦虚、冷静、不骄不躁、充满反思精神，以及跳出自我世界来对整个诗坛做症候式理论反思的品格，今天看来，还是让人惊讶的。现在回头来看，你觉得这篇文章与你当时的写作是一种什么样的关系呢？

洛盏（以下简称洛）：这篇写于 2010 年的文章，生吞借鉴了当时阅读的一些前辈们的观点，具体说来应该有陈超先生关于历史想象力的文章，以及《新诗评论》前几期姜涛、西渡等人关于历史意识的文章。此外，写它时我已本科毕业，正在贵州支教，有一个安静的氛围和契机去思考和反省自己的写作。南宋严羽有学诗三节之说："其初不识好恶，连篇累牍，肆笔而成；既识羞愧，始生畏缩，成之极难；及至透彻，则七纵八横，信手拈来，头头是道也。"可以说，那时我正处于"既识羞愧，始生畏缩，成之极难"的阶段，借用最近读到《花与恶心：安德拉德诗选》的序言里的话来说，那时的我已初步感到"一种带着伦理深度和政治深度的不安"，我意识到对于自己来说，"浮夸诗歌的时代或许该终结了，同样该终结的还有仅被裁剪为贵族风范和神圣形式的诗歌、执迷于纯粹的诗歌。除此之外，与日常生活相隔绝的诗歌，它的语言和主题，都或许走到了尽头。"（胡续冬译） 是时候和自己过去那种浮夸的、过于敏感的、执迷于纯粹的诗歌做个了结了，因为"一种带着伦理深度和政治深度的不安"已开始对我有了一种持续的拉扯："不安"与怀疑已在发酵并产生作用，"深度"则更有赖于岁月的馈赠和阅读量的增长。我开始向那种经验主义的、脚踏实地的诗人转变。

陈：确实如你所说，读这篇文章，我能感觉到你在努力靠近一些东西，但还是有点隔。

洛：是的，生活和阅读确实使我意识到一些东西，现在我用"不安"来形容它。我喜欢这个词，它很切身，而且不激进，更重要的是，不安的背后包含着"感同身受"的理解力和同情心。

陈：你刚才提到"拉扯"一词，这种"拉扯"与你2010年之后的写作有什么关系吗？

洛：丙杰兄提取到"拉扯"一词，真是抓到点上了。我认为好的写作者应该至少在两个所谓的对立点之间拉扯摆荡，那些一开始就走极端化路线、过度风格化的写作者（往往是年轻的写作者）容易被抄近道的幻觉迷惑，而忽视了写作内外的持续的拉扯力、必要性或后坐力，而这些才是真正的写作馈赠，或曰"诗歌的纠正"。在内心空间与外在世界之间，在见证的迫切性与愉悦的迫切性之间，在激情和反讽之间，在大地和天空之间，在物质环境和超验神秘之间，我们应该如柏拉图所说的"在其间"（metaxu），也就是在拉扯之中汲取力量与营养，而一劳永逸地居于一端会阻碍我们向更好的事物、更好的自己挺进。我上面的说法是在拾扎加耶夫斯基的牙慧，他是我近期读得最多也体悟最深的诗人。但这个说法其实也不新鲜，而且一不小心也会沦为各种并置领域之间的"平衡木体操"。也许只有当这种"拉扯"染上岁月的底色和自己的心力，才会开出生命和诗歌之花。这好比只有经历过惊涛骇浪的水手，才能真正体悟理解灯塔的意义，而灯塔就在那里，任何浮光掠影的观光者都可以谈论、消费它。

陈：我们现在的谈话，已经开始触及你的诗歌观念了，那就继续深入下去，谈一下你这几年写作中最大的感受或领悟吧。

洛：这几年我的创作量比较少，当然草稿很多，成品太少，很多草稿被自我审查机制给枪毙了，唯一欣慰的是阅读量增大，理解力也在增长，此外终于正式进入中文系读博，在可预见的未来应该会以文学为职业。这几年是一段充满延宕的准备期，但我很珍视它。我很喜欢"准备"这两个字，我喜欢罗兰·巴特的《小说的准备》、张定浩的《批评的准备》，此外还有《玫瑰的名字注》，可以看到翁贝托·埃科为他的写作所做的准备，再如小川绅介拍纪录片的方式，他要先自己种好一片稻田，才去拍种稻的纪录片。我喜欢有所"准备"的，有方向性的、保持内心而又对世界深切关注的诗人，能不一味沉溺于笔触并在画布的反面劳作，能谦卑地了解世界和我们自己的诗人。沉溺于笔触的诗人，可能无法分辨，水面的波纹是源自地壳深处的地震，还是仅仅一阵微风。写诗还是要有感而发，要有后坐力和必然性，困惑也好，苦恼也好，要有不得不写的驱动力。

陈：可以再具体一点？

洛：比如说，我对当代直涉历史和政治的诗歌不太满意。首先，我同意奥登所说的，政治历史题材的诗歌要有足够多的个人直接经验。叶芝写出了关于爱尔兰动乱的伟大诗篇，但那些政治、军事活动的范围极小，叶芝认识所有的领导者；他知道所有事件的发生地点，那些地名他从童年起就已熟知。（参见《奥登论诗：与斯坦利·库尼茨的一次访谈》，赵元译）此外，在我读到的很多当代诗歌中，有激进片面的历史政治表述，比如对"稗史"的过度消费、对历史非理性和荒诞的过度强调、抽空历史发展逻辑的抒情，反而会沦为一种去政治的话语消费和自我迷幻。"危险的是我们生活在一个这样的世界，一边是反讽，一边是宗教激进主义（宗教的，政治的）。在它们之间只有一个很小的空间，但它是我的空间。"（扎加耶夫斯基《"诗歌召唤我们走向生活"——扎加耶夫斯基访谈》，李以亮译）而当下很多诗歌其实是"一边是反讽，一边是宗教激进主义"的世界的同构，共同窒息着诗的空间。我喜欢我的硕士导师吕新雨老师的著作——诗坛人士还在反复纠结要不要伸出"巴枯宁的手"，但像吕老师这样的优秀学者其实已经将手上的掌纹都给你分析得清清楚楚了。所以诗人，也包括我自己不能太自信于自己的那点意识、感觉或诗性敏感，不能把自我和历史都封闭起来。我的感觉是，在当下，仅仅靠单纯的写作和阅读诗歌，已不再能帮我们更好地认清世界认清自己，必须不拘一格，汲取多方营养，才能拓取那片"很小的空间"。

陈：在当下写作中，特别是在较为年轻一代的写作中，很多时候，修辞（包括比喻）就像脱线的风筝，散漫游荡于空寂当中，最后必然要摔下来的。甚至修辞已经从假面舞会进入生活，在"政治无意识"中控制着诗人，使他们变成永远摘不下面具的面具人。

洛：我厌恶语言内部的自我消耗，厌恶敬文东在评价欧阳江河时所说的那种"词生词"式的饶舌现象。问题是某种自我封闭和重复的诗歌到今天还在自我圣化，并打着纯诗、抽象、潜意识之类的大旗号召读者去一起圣化自己。这并不是说强调修辞就是不对的，而是对修辞的理解不能狭隘化。比如隐喻不只是修辞方式，更是一种认知方式。强调修辞绝不是说尽量把一首诗打扮得让人看不懂，或者说词生词，不是文艺青年的矫情——用花里胡哨的语言掩饰无话可说的事实。"只有赋予语言极度的精确性和透辟，诗人和哲人才能意识到，才能使读者也意识到，其他不能用语词包围的维度。"（乔治·斯坦纳《语言与沉默》）诗歌是神秘的，但需要诗人非神秘主义的努力去达成。就像你所说的，你得是一个放风筝的高手，才能让诗在虚空中舞动，而不是坠落。

另外，知识分子写作和民间写作在今天其实已经渐渐失去了它原本就模糊的启发性，但还是有很多年轻一代，包括我们"八〇后"的写作者还在重复开机，不幸地居于两种写作路径的末流：词生词式的伪装性修辞以及反讽式的、消解一切的口语。刚才我有点偏激地批评了伪装性修辞，接下来说说后者。我忍不住还是要引用扎加耶夫斯基一段话："只有激情才是我们文学建筑的第一块基石。反讽，当然不可或缺，但是只能是第二位的存在，反讽是诺尔维特称呼的'永远的微调'；反讽更像是门洞和窗户，没有了它们，我们的建筑不过是坚实的纪念碑，而非可以栖居的空间。 反讽在我们的墙壁上敲打出有用的洞，但是如果没有墙，它只能在虚无里穿凿附会而已。"（扎加耶夫斯基《为激情一辩》，王东东译）以我有限的观察，"八〇后"诗人们一开始写口语诗的挺多的，但质量不敢恭维，到现在已经所剩无几了——原谅我如此粗疏的表述。最近在《思南文学选刊》上读到韩东新写的诗，曾写作《有关大雁塔》的他，已用平白的口语，抵达难言的精神褶皱，以及强烈的伦理情感和人情味，值得年轻人学习。

　　此外，修辞的无序也和我们对于翻译诗歌的消化不良有关。我对雷武铃老师翻译的希尼《区线与环线》的译后记中的一个细节印象颇深。雷老师在翻译时遇到一个搞不懂的短语：brandisher of keel。如果按照字面意思直接翻译成"龙骨的挥舞者"，这个句子的"陌生化"效果很好，甚至很"高级"。但是他没有这样翻译，因为他知道希尼是一个大诗人，不会模棱两可地使用语言。后来经过调查和求助，他发现"keel"的在爱尔兰有"铁棒"的意思。原来，希尼的父亲是一个牧羊人，他的技能是辨别羊的好坏，具体做法就是用一根生锈的铁棒在羊身上做标记，译标明是一等羊或是二等羊。而 brandisher 用典自但丁的《神曲》，有武士的意思。所以这个短语的意思是希尼的父亲拿着铁棒挥舞着，在羊身上画圈的样子，就像一个武士。我羞愧地回想起，自己也曾囫囵吞枣地抱着那本有着好看的绿色封面的《史蒂文斯诗集》（西蒙、水琴译），模仿着炮制出不少类似于"龙骨的挥舞者"的句子。

陈：可不可以这样理解，是翻译者和诗人共同造成了我们对修辞的误解？这种误解的叠加，是否也造成了当代诗歌中修辞的"偏执"？

洛：是这样的，这种误解导致的刺激感有时还很迷人，当然不排除能误打误撞写出好诗的可能性，就像众所周知的李金发的例子。上次光华诗歌节的讨论会上，在讨论获奖诗人作品的时候发现，有些句子实在看不懂，就逼问到底什么意思，是不是故意乱写。诗人反驳说，"这样写是我们年轻诗人的特权"。我再次羞愧地回想起，其实自己以前也经常这么写。

陈：《桐城南路》就不是乱写的，那时候好像你也不过二十一岁的样子。

洛：写《桐城南路》可能已经不算乱写了，但在这之前写得更随意。

陈：那我们先聊聊这首诗吧。先说说这首诗的写作背景吧。

洛：那时我大二，暑假在安徽电视台实习，住在离电视台不远的一条破败的街上，十块钱一天，没有空调，后来实在热得受不了，换了一间有空调的房间，价格不变，但开空调的话要按小时收费。在这条街上，"猫叫""积水""胖夫人的脂肪"都是写实，现在回过头来看这些意象倒很符合波德莱尔式的现代性"脏乱差"，哈哈。

陈 这首诗有些意象读起来像核桃一样坚硬，无法一下子咬碎消化，比如"绿尾巴""画眉""鲜红的鳃耙"等意象，但因为整首诗给我一种信任感，因此其中坚硬的意象反而有了一种引人玩味的魅力。

洛：是的，这首诗的用词还是有些随意，但好像内里还是有个粗粝坚硬的、无法仅凭说说就能够消化掉的东西,但没有必要拔高。

陈:而且,这首诗中的一些主题性的东西,延续到了后面的创作中,比如欲望,比如躲避等主题。具体来说,"伞"这个意象代表了一种躲避的姿态,同时"伞"又连带着"雨"这个意象,指射着诗人对于欲望的躲避;但从雨天的桐城回到小旅馆收起伞之后,却又无法躲避隔壁出租屋内传来的另一场欲望的魅惑。总之,欲望和躲避两个主题的双重缠绕,又被置于"桐城"这样的文化空间里,从而造成了一种张力。诗歌结尾按伞柄按钮的意象,代表着开与关,代表着抒情主人公在躲避和欲望之间的内心活动。实际上,这种主题在《景象一种》中也有,比如"鱼"和"色情的石榴",与《桐城南路》中暗含的"雨"一样,共同指向了欲望,同时,"向下跳跃""走"与"阻滞"的不断出现,同样代表着躲避与无可躲避之间的矛盾。那么,是什么样的经历让你在诗歌中要表达这样的主题呢?

洛:谢谢你的分析,你看得很准。现在看来,这首诗歌之所以还没被我枪毙掉,可能就是因为它还有着对现实的抓地力,有实感。我以前比较自闭沉默,孤独感可能会因此更敏捷、更凌厉一点,但这也实在不是什么值得骄傲的事,

陈:接下来聊一下《景象一种》吧。在铺陈了种种欲望和躲避、躲避和"阻滞"的冲突之后,接下来写到"他找不到一处平坦的地方。找不到一只 / 不带色素的宠物。他行走在自己受凉的影子里, / 等待清风拨开他的前额。这座城市的微澜与秩序, / 使他先于别人消失。隐匿于静电。/ 他梦见的钝器,在困惑与清醒之间,容易抵消"。这里展示出一个青年进入到秩序、城市、资本市场之后激情、个性、理想的收缩过程。我想知道的是,这首诗里表达的"隐匿""抵消"和自我钝化,是缘于什么样的"启动力"呢?

洛：丙杰兄说得很好。当时家里出了点状况，而我从县城到城市上学肯定会有不适感，刚来上海时连坐地铁都不会，在地铁里一脸蒙地盯着箭头和标牌瞎闯，是我对上海的"初心"，这个场景很硬核很本雅明。这种感受肯定会纠缠到诗里。

陈：那时候你的社会经验和穿透力也尚显单薄，因此可以说，你更多的应该是从自己的感觉里，或者说直觉上来启动这首诗的。但正是这种感觉或直觉，能穿透经验、文化的重重沉积，接通时代的呐喊之门。似乎好多牛×的诗人都不是在经历了之后才写出好诗，而是天然有一种对时代的超常敏感和预言力。

洛：你的话让又我想起扎加耶夫斯基，他对经验与天真有过很好的论述。一般人以为一开始是天真，然后因为经验的获得而失去天真，经验更像是一种补偿。帕慕克也将小说家分为"天真的"和"感伤的"（"感伤"更确切的翻译其实就是经验的、反思的）两种类型，但天真不一定就一去不复返，也会因为经验变得丰富，因为自负而变得贫乏。所以说，二者绝不是前后因果的关系，甚至经验可能是为了成全天真（参见扎加耶夫斯基《天真与经验》，王家新译）。你说的那种天真的东西，最直觉感觉的东西，在很诗歌中经常被所谓的历史经验、知识经验给遮蔽掉，其实是很珍贵的，但还是要经过经验的冲刷——我似乎又在"拉扯"了。

陈：按照扎加耶夫斯基这个观点来看的话，写于 2017 年的《最神秘的事物》，应该算经验和反思都比较深入之后的一个成果了。这首诗通过一个小有才华的诗人后来不再写诗的经历，展示出你对时间的切身体验。从这个意义上说，题名中"最神秘的事物"应该就是你对时间的发现和体认吧？

洛：是的。如果说写《蝴蝶博物馆》《一次手术》等诗歌的时候，我对时间的认知还停留在概念阶段的话，写到这首诗的时候，我对时间的感受确实是有了——我是在其中的，我已经感受到周围诗人们活生生的变化。作为一个诗人，到了我这个岁数，如果还要继续写的话，多读多写这些基本功当然是必需的，但最本质的变化是，对时间的体验不一样了。

另外一个对时间的感受就是，到了我们这个年龄，我对传统有了新的理解。比如，以前用典往往带有炫耀的色彩，现在再去看经典时，我是试图通过这些去认识事物和世界。我更切身感到和他们的相通，他们的东西我能理解了，我希望把这种理解的欣喜和受用表达出来，这是用尽力气抵达的相认，这和以前写"蝴蝶"就一定要写到纳博科夫的心态不一样了。

陈：在你心中，什么样的诗歌算好诗？

洛：博纳科瓦说，诗人不能在语言的平流层中长久逗留，它必须在新的泪水中盘绕并在自身的律令中继续前行（树才译）。说得太好了！你没有新的泪水，没有对实在事物的感知，一味玩语言游戏，怎么可能走远？如果将诗人分两类，我喜欢迟缓的、等待的、领受的诗人，我喜欢阿米亥那种内心有很浓烈的宗教、神秘体验，但又能把它转化为轻盈的文字表达出来；通过这种表达，读者又能体验到神秘，而不是本来就是只有一杯酒、一点想法和套路，却不断兑水成一大缸给人喝。这不道德的呀！我喜欢与之反向的写作方式：本来有一缸水酒，诗人要蒸馏成一杯酒呈给读者。也就是说，我喜欢酝酿的、经验的、反刍的诗人，不喜欢急智的、硬写的、灵巧的诗人。

陈：从你诗集中我发现一个问题，在《桐城南路》之后的写作，一方面修辞力度加大了，另一方面这个时候的产量比较大，也比较类似，好像写了一首诗一样。直到2015年之后，我发现你的速度有所放缓，但同时,诸如《微光》《豆豆》等作品在修辞上却更精确、更从容了,特别是《最神秘的事物》一诗,通过叙事的引入,达到了修辞上的张弛有度。对于这种转变,你自己是怎么看的?

洛:有段时间,我写诗作文产量颇丰、轻巧急智,"一种伪探险的味道",后来慢慢变得耐心而笨拙。

陈:你刚才提到的"急智"一词,说得很好。这个时代最不缺的就是"急智"。

洛:是的,急智、反讽不太适合文学。文学需要热情和智慧。

陈:一个诗人最终是要和时间、历史打交道的。你在上面多次提到诗歌的理解力,那么,是否可以说,这种理解力与诗人的创作有着重要的关联?

洛:理解力很重要,米沃什反对不能理解的诗歌。张定浩的说法我很认同,正是文学理解力的缺乏带来了感受力的缺失,正是"缺少分析手段"导致了"情感的匮乏"。

陈:和你交往的朋友不难感知到,你是一个具有自我反思或者清醒自我认知的诗人,从本文一开始那篇文章中也不难看出这点。你的这种品质是如何培养的?

洛:其实还好,我性格比较沉静一点,不喜欢人云亦云。另外正因为自己以前写诗喜欢耍小聪明,所以能看出别人是不是在耍小聪明。

陈:你对同代人的写作有什么总体的看法?

洛:我保留看法,因为还都是年轻人嘛,再好好写十年再说吧。

陈:你说的持续性这个问题,是很考验诗人的。一个有潜力的诗人最终能走多远,更多的是,在面对生命存在的处境中能否坚持。

洛:我刚才说的也是这个意思。哪怕好多大诗人的早年,写得也都很不堪,比如扎加耶夫斯基和辛波斯卡。维特根斯坦说过,他像一个骑自行车的人，只好不停地踩着踏板向前，只是为了不倒下。说这话时维特根斯坦已经成名很久了。

陈：你是一个一直坚持阅读并不断思考的诗人。在你的阅读经验里，哪些诗人给过你启发？是什么样的启发？能谈谈你最近的阅读状态和阅读感受吗？

洛：每个诗人脑子里都有个万神庙，里面坐着一堆你所欣赏的诗人。如果读到一个很喜欢的诗人，自然会欣喜万分并把他请到我的万神庙。当一个尤其牛×的诗人的时候，这个诗人会对你产生很持续的影响，甚至能将某些诗人赶出万神庙。我已年过三旬，庙里的诗人自然会多一点，这个说不完的。既然你问了，那就看看哪几位诗人会先跳出来。

阿米亥。他的比喻很切身、有力、准确，比如他写风把报纸贴到篱笆上，风一停，报纸就掉了，这个比喻用来理解肉体（风）和灵魂（报纸）非常准确；还有，生命和话语就像电影画面和字幕，大部分时间电影和字幕不同步，有时候画面很悲伤，字幕很欢乐，有时候相反。还有辛波斯卡，记得有首诗叫《自断》。写海参在危险中，将自己断为两截，一半是死亡，一半是拯救，一半是希望，一半是绝望，一个深渊出现于它身体的中部，"深渊并没有切断我们，只是包围着我们"（胡桑译）。我发现近来越来越喜欢的诗，用詹姆斯·伍德的话说，是从最接近生活的事物（风、报纸、电影、海参）开始，然后才是逆流而上，抵达某种神秘的上游，它们有着形式的明晰、确定以及意义的模糊、不确定。此外，也不断遇上一些以前未曾留意的诗人，比如荷兰诗人诺德布兰特、美国女诗人简·肯庸、云南女诗人张猫……这是个无尽的话题，时间也不早了，我们今天就先聊到这吧。

2019 年 10 月

通向诗歌的末路
—— 肖水访谈录

曹僧 × 肖水

曹僧:作为"八〇后"诗人中的创作巨丰者,你公开出版的几本个人诗集,《失物认领》《中文课》《艾草:新绝句诗集》和《渤海故事集:小说诗诗集》似乎勾勒了你的创作轨迹:从最早的受西方文化资源影响,到"从中国回到中国"的提出、"童年写作"的倡导,再到"新绝句"的成规模写作与教学实践、以及近期"小说诗"的类型化冲动。当然,以上几点描述并不构成严格的时间段区分,读者可以发现一些黄金条例贯穿始终,比如"词语主义",比如作为方法的"童年写作"——如果以抒情味浓厚或意旨清晰的那类诗歌作为反面参照的话,你的大部分诗作确实符合你对"迷人的混沌"之期许。在认同你把"童年写作"作为对萧开愚所说的"中年写作"之纠偏的基础上,我想了解的是,你是否感受到(自觉地或被动地)自己的诗歌写作有走向另一种偏颇的危险?你似乎喜欢把诗歌比喻为"闪耀着磁性的无轨列车",在这种情况下,是否担心当主要以感官作为驱动力的列车吸附着各式私人经验向前行进时,最终导向的目的地只是一种类似于时下年轻人所热衷的黑话黑洞？在"答泽平七问"的访谈中，你旗帜鲜明地提出了"反对以诗歌的方式对日常现实进行粗暴介入"，关于这一点，我想很多诗人都有所共识，但仅仅从诗歌本体的层面上讲，你如何看待对"公共性话语"的介入责任——无论是去蔽的还是重新发现的？类比你在《艾草》一诗中所写的，"似乎，与你说的尘世相反，/ 有三种苦可以归为荣耀：慷慨，悲悯，以及孤独"，你所理解的诗人的"诗歌荣耀/责任"是什么，或者更狭隘地说，存在你所理解的你这一代诗人（"八〇后"一代）的"诗歌荣耀/责任"吗？

肖水：一个诗人在广阔的坐标系里有足够充分、深入的审视，以及他逐渐获取了一种可以自我教育的特权之后，他的"偏颇"就往往具备了一些狡黠的成分。行动与言辞之间维持的紧绷感所及的振幅，恰恰反映了"偏颇"的魔力。以这样的认知为前提，显然我还远远不是一个伟大的"诗歌策略家"，因为我仍然在诗歌里固守自身作为一个"人"的存在。但"人"不仅仅是肉体的人，还是思想的人。当一个诗人将感受力刷新方式的发现，作为他写作的中心，他恰走入了正途。如果他继而以"情色"作为作品的"第一感受力"，那么这种方式也丝毫不逊于将"智识"作为作品的"第一感受力"。甚至在我看来，"情色"才是诗歌中一切伟力的源泉。在情色的漩涡中，被挟裹的一切，既是混沌的，又是清晰的，天生就具有易于把握的素养。

这其中就包括所谓的"私人经验"。私人经验看似是房间里的、抽屉里的，甚至可能是沟壑里的，但其中那些与时代洪流、典型生活、痛苦心灵所紧密相连的经验，必将在"无轨列车"的表面，先发出微光，继而被时光所擦亮。杜甫诗歌的传播过程已经给予了我们必要的启示。最关键的是，在伟大的诗人那里，灵与肉之间拥有完美的契约，达成了微妙的平衡：突破禁忌的快感背后，是淋漓的人性、果决的勇气和全面的技艺。同时，私人话语才是最恰当的对"公共性话语"进行介入的入口。同一时间，同一地域，不同个体对生活压强的感受可能完全一致。整齐划一的描述，与其说是一种揭示，不如说是一种入侵。诗人话语的末梢，所呈现的个体的、多元的、矛盾的景观，即便是微缩的，仍然可能无法穷尽，朝向无限展开。甚至在"以小见大"上，它概括了更广阔的空间。我也这样说，是希望允许一些私人经验就停留在私人领地，但更倾心于那些既烛照这个时代和心灵，又处于幽微之境的私人经验。灯外的暗处，其实是它自身的一部分。

与以上相连，我所谓的"荣耀／责任"首先是"经验／意象／词语"的荣耀，也就是说我要在词语的世界里做一个"新人"——"在一个明亮的新世界里，一个无知的亚当将自己与历史分离开来"，而他试图写出"一种从未被写出过来气息的诗"。这种"荣耀／责任"不是一代人的，而是所有世代的责任。但它也是仅属于少数人的责任，即那种在坐标系里洞若观火又无知无畏的人。

曹僧：似乎你所说的"智识"应通俗化理解为书本知识类的间接经验。作为人的认识能力，用康德的说法即知性，其功能在于将感性提供的材料进行综合统一，使其成为知识，这确实不会是第一感受力。你对"情色"的重视，无疑缔造了你独特而迷人的诗歌风格。我因此联想起《安息》一诗中的句子"我和你，作为一个单数／月亮作为一个复数"，让我们姑且不论可能存在的误用，其中"单数／复数"的比喻似乎恰好引出了对你前述"情色论"的一个疑问："情色"作为你理解的"第一感受力"，在你的诗中是否完成了由"单数"到"复数"的过程呢？这个问题也即，当你把"情色"作为你诗歌中进入他者的第一把钥匙时，你又是如何以此为基础建立起更为多样的伦理关系的呢？举个例子，儒家就可以从"爱有差等"这种出自天性的、感性式的起点出发，以"推"的方式扩展出一套涉及方方面面的伦理架构。这个类比当然绝不应该成为对一名诗人的变相要求，但我想借此说明的是，是否还有很多值得关怀的他者、很多值得书写的芜杂经验是"情色"方法所无法处理，因此也就默认放弃处理的呢？

肖水：弗洛伊德认为，"文学是被压抑的欲望——无意识本能的满足"。诺思洛普·弗莱也说，"伟大的文学是眼睛所能看到的：无止境的冒险和欲望。若欲望的漫游不存在的话，文学也不存在"。我认同以上观点。但它们也仅能作为"欲望是所有创作的原动力"观点的重大支撑，而我要将欲望推进到，面对创作的接受者，它同时是"无以伦比"的感受力的地步。我对"无以伦比"的强调，不仅突显它的感官刺激，还隐含了这样的意思：它并非是感受力获取的"唯一"方式。

感受力获取的方式，就如同进入作品幽深之所的门径，可以同时有很多，有的如城门，有的如花窗，有的如天井，也有的如气孔；可以在一扇小门之内，再迅速洞开一扇大门，也可以在一扇大门，光滑的四壁之上隐藏机关与羊肠小道。总之，感受力是一种"引力"或者"引诱"。进入这扇门之后，作品的丰富性次第打开，其所容纳的空间内，还有无数的空间的组合和错位，多样的伦理关系可以始终被情色所牵制，也可能在情色这味"药引"之外，闻到更复杂的人间"气味"。

此外，人的欲望本身就是极其复杂的、多元的，现代社会的芜杂与对毫无节制的体验的追求，使欲望超越肉体的交互，继而本身成了一个谜，因此传递其可感性的"象"也有了更多的可能性，这点一定要有足够的认知。我追求的是一个平等表达和体验的世界，这个世界的性爱没有等级，也没有道德束缚，但它们指向沉沦的世界里那种向上的力量，即对真善美的构建和珍视的努力，以及允许自己沉沦也期待自我拯救的矛盾。

曹僧：关于情色的提问还带来另一个问题，作为你"新绝句"写作中的一个类型化部分——同时也是"情色"方法的集中呈现，你创作的大量"故事集"系列诗在内核上似乎更像一个单数，而非复数。也即，大部分"故事集"系列是否可以理解为其实只是一首体量很大的诗？而这，又似乎非常悖谬地取消了作为其构成部分的一首首"新绝句"样式的诗所应有的，刷新经验和语言时的利落、迅猛？这一点，也是我更为看重你早期"新绝句"诗的原因之一。此外，作为短制的"新绝句"（包括"故事集"系列），要想在小小的篇幅内腾挪的确极其考验诗人的能力，你是否越来越感觉到这一文体对你近期的写作构成了限制？

肖水："故事集"系列目前有七组，分别是《渤海故事集》《太原故事集》《江东故事集》《南岭故事集》《上海故事集》《云雀故事集》《末日故事集》。我将他们一一列举的目的在于提示，即便他们在整饬的形式和叙事的冲动上具有某种协调性，以及部分若有若无的主题揭示或暗示使它们之间的关系似乎更黏稠，但它们依旧是作为独立个体而被我创生与看待的——我的意思是，它们是七十首诗，对应我一段时间内某种永远无法看清晰的呼吸。

"故事集"时代的四行诗当比"新绝句"时代的四行诗有更多的围栏，你当然可以把围栏当作一种装饰，或者是驯养的证明，但有时候我们也可以说围栏是对那些读者的保护和提示，就好像我们在东北虎自然保护区看到的那样。2007 年，那正是我充满热情地大量写作新绝句的时候，朋友们给予我了提醒。他们如你一样，无不担心这种文体对我的写作构成了限制，而我也担心自己再也写不了长诗，只能像一个小脚女人在方寸之地喘气。然而，长短诗歌的切换，考验的并非仅仅是语言的延展性，更重要的是考验思想的韧性和感受力提供的迅疾度,所谓可以气若长河万里,也可以制造针尖上的漩涡。"故事集"系列从"十"这个汉语数字的文化含义的借力,是否会启发更多文化隧道以群落的方式打通,值得考察。或许这也意味着,向内无限掘进的短诗,有着更多向外打通的隐秘的通道。

曹僧:据我了解,你是中文世界第一个大量译介并深入研究美国诗人、小说家理查德·布劳提根(Richard Brautigan)作品的人。他写作的大量超短诗都非常迷人,在美国嬉皮士运动中曾风靡一时的小说《在美国钓鳟鱼》更是展现出其对文体边界的擦除能力。你的创作经历和他有某些相似之处,比如你早期也创作了《恋恋半岛》《橘子郡男孩》等小说、你的"小说诗"则同样包含了对文体的思考。但在你具体的诗歌文本上,布劳提根的痕迹看起来并不明显。有意思的是,你的另一大爱好——造访、推介全国重点文物保护单位,有着相同的情况:当你徜徉于庙宇、石桥、古塔和墓葬等各类文物古迹间时,你毫不讳言它们对于你写作的重要性,但它们却绝少直接出现在你的诗作中。不管是西方的、文字的布劳提根,还是东方的、非文字的文物古迹,你认为这些文化资源是以何种方式对你构成影响的呢?

肖水:我首先想指出的是,即便我重复提到我珍惜自己写作历程中的每个脚印,但在《在美国钓鳟鱼》这样的作品面前,《恋恋半岛》等少作也并不值得一提。我坚信,对于那些抱有文体创建野心的诗人或作家而言,再过五十年,布劳提根的《在美国钓鳟鱼》《避孕药与春山矿难》作品依旧值得他们的目光停顿。

近十五年,我的目光未曾离开过布劳提根。我的意思是,他持续给我启发,并以其作品制造的语言和文本形式的双重惊诧长久挽留了我。布劳提根在传统诗意的获取方式的反方向上,以令人惊诧的效果,促进了人们对诗意及其生成机制的探寻。他至少使我更深刻地认识到,

"诗意"就是作品所要努力使自己达至永远处于"第一次"或"奇观"的审美位置的独特意义与新鲜感受,是任何文学艺术作品的"生成"的基础和前提。布劳提根以后现代主义的原始主义和在情色书写方面的历史性变革为读者提供了新价值、新意义的认知,以各种极端、新鲜的形式实验和叙事结构的小说化尝试,为读者提供了新形式的设置,从而将自己与以往的文学作品区分开来。对于我来说,我在布劳提根那里得到的并非是"鱼",而是"渔"。

我密集造访全国重点文保的爱好始于九年前的"正定古城之行"。对我来说,去一座城最初只是一个与同行者分享共同时间的理由,但古物身上闪耀的穿越历史尘埃依旧未曾减损,反而更愈摄人魂魄的光芒,以及与各种意外情形、相异的人群的遭遇,令我感觉每次旅行都像一次清洗,同时也进行一次叠加。它并不使你愈加陈旧,反而是使你更新,更使你带着厚实和锋利背离过往,朝向未来。进入到各种生活现场和艺术现场的体验,是迷人的,同时也被证明它是敢于背叛生活惯性的少数人的特权。

我是在写关于布劳提根的博士论文,需要对威廉斯·威廉姆斯和布劳提根的诗歌的"原始主义"进行厘清的时候,我才恍然大悟:我2007年提出的"从中国回到中国""削尖汉语"的主张,不就是中国的"原始主义"吗?整整七十多年前,威廉斯"发现成为一个美国人,就有可能成为一个完全的现代主义者",那么成为一个真正的中国人,难道不能成为一个完全的现代主义者吗?我想,我正在用阅读、脚步和思考成为一个"中国人"。一个真正的"中国人",毫无疑问,不是想象中的,不是装模作样的,也不是新古典主义的,而是既根植在五千年的历史传统中,又要在此刻欣然地"双脚踏入中国的稻田",更是要在中西诗歌传统的纠缠、互相冲破中获得自我的前途。

曹僧： 我很欣赏你"双脚踏入中国的稻田"的说法。这个"稻田"包含了一种历史感。在中国，一片稻田往往裹挟着无数先民的痕迹，但无论它多古老，它都可以产出新鲜的食粮。同样，也许它在某时被开拓不久，它也注定会被反复耕作。最重要的一点，它是勃勃生机的象征。"双脚"踏入其中，就意味着主体以劳作的方式参与到勃勃生机中，并自足于勃勃生机中。这不禁让我想起你的老乡沈从文，他喜欢将自己称为"乡下人"，从他的写作理念和生命史中，我们很容易对这一说法心领神会。沈从文在三十岁时写作《从文自传》，回顾了小城凤凰成长、当上小兵在部队中辗转、离开湘西闯荡进北京的经历，《从文自传》的写作使他找到和确立了自己。和你早期《我们的粮食不多了》等更近于青春期写作的作品不同，你后来的大量诗歌似乎都有一种弥足珍贵的质地，我理解为是"带着人的余温"。这是否也可以视为一种"发现自我"之后的产物？能否请你简单地作一回顾，谈谈你早期的生命经历，以及它与你写作的关系？

肖水： 你的提问让我想起我的诗歌《恐龙特急克塞号》所记录的童年经历。七八岁时，父亲带我进城，去教育局长家里送礼。我被电视机以及《恐龙特急克塞号》里人间大炮的"一级准备、二级准备、三级准备"的发射口令所吸引，像饭粒一样黏在板凳上。那时候的我的目光是向外的，我的恍惚失神也常常与闯入山岭夹击的天空的飞机和不明来路的降落伞有关。到了高中，即便已凭借好成绩在那座优等生聚集的省重点中学里，享受众人的瞩目，我依旧暗中艳羡那些城里长大的孩子：很多次，我将能骑自行车回家，当作了一种生活的标志物。

与放学开闸似的喧闹的铃声形成对照的是，我在出生的山中小镇听到的自行车铃声来自从邻县县城来贩卖冰棍的小贩，我听到的机器里的声音来自全镇唯一一台别人家的电视机，我听得最多的声音来自我对自己的说话：我想到很远的地方去。我曾经长期躲避我贫瘠的童年。我和沈从文一样，我们都是"乡下人"。我们与山，与河，与稻田的关系最紧密。那些与我们最密切的事物，也最限制我们，令我们窘迫地拉紧衣角。

然而，我忽然又想起我生活的乡政府大院里的一株木芙蓉。在它的开花季，女人们都赶早抢摘它的花。母亲常能抢到，将它们与瘦肉片一起炖煮。木芙蓉的颜色在沸水中慢慢消失，然后带着一股淡雅的清香，顺溜的滑进我的肚里。这种体验连通更多带着凹凸感的记忆，是在我几乎从县城来到了省城又再到了国际化大都市里之后，才慢慢苏醒的。然而对我来说，乡村生活并非是城市喧嚣的对立物，也并非我所时不时厌弃的物质生活对面的"盆景"。我所珍视的，与其说是一种心灵的补偿或救赎，不如说是我认识到了贴近泥土能带来的生命深处涌动的那种"丰沛感"。

我也在童年记忆这座失落的大陆上，为我栖身之所找寻到了更具韧性的材料。这些材料，就好像是我父亲背着我走过山洪暴发的拱桥，侧身望我，我外祖母在我摔下田埂，也顺势滑入泥浆，抱住惊魂未定的我，并扯扯我的耳朵，以及我外祖父从稻田里捞起浮萍，小心地铺在我生疮的大拇指上之前，他们早已为我备好了似的。在若干年后，无数的细节终于与词语相撞，火光四起。在火光里，乡下人只能叫醒自己，督促自己继续写，也驱赶着自己甩开童年带来的泥脚，往更开阔处，一直走。

曹僧：如果我没有记错的话，你曾经在朋友圈展示过你小学时的诗歌手稿。对成长于今天这样高度数字化时代中的人来说，这种情形估计已经很难想象了。但其实，你也同样算是生活高度数字化的一代，只不过还经历了巨变和巨变之前的一段过程。你如今主持复旦大学诗歌资料收藏中心，有心于收藏并保存诗人们的手稿和书信等原始诗歌资料，我想除了因为有感于媒介之变迁外，自然也离不开你个人兴趣的缘故。我比较好奇的是，当一个人从少年时代起就有意识地把自己各个阶段的文学资料整整齐齐地保留至今时，这背后肯定不只是兴趣这么简单。你觉得存在所谓的"天命"吗？如果有，你是否很早就意识到了自己的"诗歌天命"？

肖水：我认识的"天命"，大概指的是对上天赋予之才能的自觉与担当。上天赐福诸多"灵童"，给予他们突出人群的特权，但时间会将多数人像剥笋壳一样剔除，最后朝向高处的"天命"只会落到其中兼具"觉悟者"与"苦修者"极少数人的身上。对于这些极少数人来说，"天命"是财富，是狂喜，同时也是苦行，是业报。因此，真会有人愿意成为"天命之子"吗？

我七八岁就决定要做一个诗人。这种早慧的举动，来自于虚荣心的驱动，来自语文教科书的对那些诗人、作家生平带有温度的铭刻式的记录。这让我想起多年后陈思和老师在课程上讲的话：生命在"知其不可为而为之"中开花。我们易损易朽坏的生命，除了生殖之外，总得借助什么留下我们的气味和痕迹。

七八岁，在父亲的下属恭维我读书的样子"真像一个作家"的时候，我就借以一种不知来由的神秘力量，选择了诗歌这种方式。我大概从小学五年级，在鲁塘镇开始就被人称呼为"诗人"。从那时之后的很长时间里，这种称呼之中缺少足够的善意，更多的是嘲讽。对于那个在世俗世界里，也想谋得一席之地的我来说，还得穿过各种最高艰难等级的升学考验，以及父母家人对我过于沉迷诗歌的责难、关于财富地位的劝进。同时，我的物理位置还要从山区小镇折入郴州城，进而北上太原，最后扎入繁华与腐朽同在的上海。在上海写诗，你不仅要习得"水性",似乎还需要学会在浪尖睡觉、散步以及打斗。在世俗世界设置的很多关键点,我其实是幸运儿。

但来到上海的最初两年里,天命给予了我启示,并照亮了我的精神困境。一个偶然的机会,我以选择复旦诗社、走入诗人和诗歌深处的形式,来回应了我曾犹豫不决的事物——繁华的引诱。在复旦诗社几乎已经空无一人的状态下,我颇有重扫庭院、再燃孤灯的意味。任何灯火,都暗示了一种对话,与他人、与自己、与传统、与未来的对话。我在这种对话中,找到了诗歌通向未来的更多支点。我很珍惜在困苦中与我一起写诗、一起做事、共同激发的人们——比如洛盏、顾不白、徐萧等——我觉得他们代表了天命,给我压力和锤击,也给我动力和润滑。在这个世界上,再也没有比一群强大者的围绕为你制造小气候,督促着你朝天赋的极限掘进更好的了。

十五年前的诗歌少年,现在已经变胖,变憔悴,变狡黠,但时刻都没有偏离过诗歌,或者可以说,时刻没有偏离过"削尖汉语"的努力。后一个动宾短语的使用,让我停顿了一下,我用一秒钟确认了一下,我并未为此而感到心虚。当张枣在很多场合介绍"我是张枣,我是一个诗人"的时候,他或许已经知道自己就是通向诗歌末路的接引者。

2019 年 10 月

附录

复旦诗歌纪事
(2017年12月—2019年12月)

2017年

12月

9日 复旦青年诗人作品研讨会暨"中国新诗创作与研究"课程研讨课。引言人：育邦、赵燕磊、杨万光、肖水、马小贵；被评诗人：张存己、张雨丝、王子瓜、陈汐、曹僧；主持人：肖水、洛盏；讨论文本：《光荣物种》（陈汐）、《群山鲸游》（曹僧）、《煮酒》（张存己、张雨丝、王子瓜合集）。地点：复旦大学邯郸校区本部10号楼219会议室。

15日 第37次"贰叁〇"匿名评诗会。获奖诗作：上汤娃娃菜《白色纸鹤》、辞东风《玻璃栈道组诗》、杨雾《歉意的循环》、殷达利《西伯利亚》、姜文瑞《你要是在拾破烂时捡到了我》、李尤台《彭城广场》、未雨《和平的距离》。

2018年

1月

1日 第八届复旦大学"光华诗歌奖"征稿启事发布。

3 月

    5 日　第七期邯郸路诗歌讲坛：《渤海故事集》的故事和新声。主讲：Noelle Noéll、肖水；主持人：洛盏。

    16 日　第 38 次"贰叁〇"匿名评诗会暨社员大会。获奖诗作：李尤台《多病之春》、韩慧天《弹歌》、具名《我认识的那个少女叫阿鱼》、李子建《希望》、吴双《二十首诗》、杨兆丰《距离》。

    31 日　复旦诗社半年创作研讨会。

4 月

    1 日　复旦诗歌节 "写给上海的诗" 征文启事发布。

    13 日　任重观影会第二十二映·美国童话第一期：弗兰克·卡普拉《史密斯先生到华盛顿》。影评人：木手。

    19 日　第八届复旦"光华诗歌奖"获奖名单揭晓。获奖者：德摩、韩惠天、康宇辰、李尤台、彭杰、未雨、吴任几、杨雾、朱锕朱、朱万敏。

    21 日　"云梦泽"习诗小组半年研讨会。

    31 日　第 39 次"贰叁〇"匿名评诗会。获奖诗作：周乐天《大宋提刑官》、李尤台《拜拜》、张简《碳》、杨雾《把沉睡灌入缺口》、张天玥《置身事外》、邹欣怡《尾生》。

5 月

    9 日　"复旦小诗集"系列新书发布，书目：德摩《首参者》、徐张力《立方体街道》。

    11 日　第八届复旦诗歌节系列活动·第八届复旦"光华诗歌奖"颁奖礼。活动地点：复旦大学邯郸校区光华楼东辅楼 101 报告厅。

    复旦诗社社长换届仪式。复旦诗社第 45 任社长周一木卸任，杨雾就任复旦诗社第 46 任社长。

第八届复旦诗歌节系列活动·"写给上海的诗"获奖名单揭晓。

12 日 第八届复旦诗歌节系列活动·第七届"90 后诗人论坛"。引言人：叶丹、曹僧、张存己；被评诗人：康宇辰、彭杰、吴任几、朱铡朱、如妍；活动地点：复旦大学邯郸校区本部 10 号楼 219 会议室。

第八届复旦诗歌节系列活动·"写给上海的诗"颁奖礼暨获奖作品朗诵会。活动地点：豫园"海上梨园"。

第八届复旦诗歌节系列活动·"豫园谈艺"：新旧上海与文学。对谈人：陈思和、孙甘露；活动地点：豫园"海上梨园"。

第八届复旦诗歌节系列活动·"豫园诗歌之夜"暨"江西的大雪"演讲会。演讲人：萧开愚。活动地点：豫园"海上梨园"。

复旦诗社常务副社长选举仪式。参选人：杨兆丰、周乐天；当选人：周乐天。

复旦诗歌图书馆馆长任命仪式。馆长：吴双；副馆长：邹欣怡。

30 日 "十二白"习诗小组成立。

31 日 第 40 次"贰叁〇"匿名评诗会。获奖诗作：杨雾《茫茫夜》、姜文瑞《在四月的最后一天想到》、未雨《幸存家》、李哭《拔墙而起》、刘子睿《急性全身粟粒性结核病》、韩惠天《火电厂》。

6月

10 日 复旦诗社 2018 届毕业朗诵会。毕业诗人：如妍、吴径、西尔、杨兆丰、朱天歌。活动地点：叶家花园牡丹亭。

15 日 第八期邯郸路诗歌讲坛：我们时代的知识感觉和历史感觉。主讲人：砂丁。

30 日 "身外的宇宙"：《复旦十九人诗》新书发布会。嘉宾：何言宏、张定浩、木叶；青年诗人代表：肖水、洛盏、徐萧、顾不白、木手、王大乐、何焜、曹僧、张雨丝、吴径等。活动地点：新天地"屋里厢博物馆"。

9 月

22 日 "曹操"习诗小组成立。

10 月

1 日 第 41 次"贰叁〇"匿名评诗会暨社员大会。获奖诗作：杨雾《清醒时候的步伐》、木手《做狗指南》、吴径《山海》、谢江楠《小岛居民》、韩慧天《环形山》。

10 日 任重观影会第二十三映·美国童话第二期：卡赞《布鲁克林有棵树》。影评人：木手。

16 日 第一届复旦大学"江东诗歌奖·创作奖"获奖名单揭晓。获奖者：陈霏、陈书华、洪樵风、具名、林时辰、吴双、谢江楠、张天玥、章志元、邹欣怡。

第一届复旦大学"江东诗歌奖·复旦诗歌特别贡献奖"得主公布。获奖者：杜立德。

27、28 日 嘉润诗歌之旅暨携程·浦江诗歌之旅。第一届复旦"江东诗歌奖"颁奖礼。颁奖嘉宾：陈错、谷雨、清水。活动地点：金华市浦江县上河村。

11 月

2 日 第 42 次"贰叁〇"匿名评诗会。获奖诗作：周乐天《古镇风云》、林时辰《门生》、张天玥《关于郑州，我知道的不多》、李玥涵《白热啄食》、具名《做七件浪漫的事就可以分手，亲爱的》。

9日 复旦诗社半年创作研讨会。

22日 任重观影会第二十四映·美国童话第三期：约翰·福特《双虎屠龙》。影评人：木手。活动地点："此间·WITHIN"私人影院。

26日 "复旦小诗集"系列新书发布。书目：谢江楠《鱼尾墙》、刘捷希《暮春告慰书》、未雨《甜城往事》。

12月

7日 第43次"贰叁〇"匿名评诗会。获奖诗作：杨雾《好的方向》、洪樵风《环岛南路》、陈霏《隐身衣》、谢江楠《发生器》、周乐天《你们以早就被看透的形式存在着》、夏天宇《祖先的包子》。

19日 "复旦小诗集"系列新书发布。书目：邹欣怡《有窗的一天》、周乐天《慈航》、李尤台《爱的教育》。

30日 复旦诗社常务副社长选举仪式。参选人：叶棋、林时辰；当选人：叶棋。

2019年

1月

1日 第九届复旦大学"光华诗歌奖"征稿启事发布。

3月

11日 复旦诗社2018-2019学期春季招新。

15日 第44次"贰叁〇"匿名评诗会暨社员大会。获奖诗作：李玥涵《眠》、周乐天《大宋醉酒者》、洪樵风《文化艺术中心》、夏天宇《烧水》、杨巧文《胃痛》。

24日 第五期"经典与新锐"诗歌研读会。引言人：曹僧、王子瓜、卢墨、周乐天；研读诗人：沃尔科特、石川啄木、姜涛、哑石。

4月

12日 第45次"贰叁〇"匿名评诗会。获奖诗作：李尤台《年少如花》、李玥涵《春雪》、陈霏《车站旁消失的水果铺》、杨巧文《葛藟》、周乐天《露台》、洪樵风《小槟榔》。

22日 第九届复旦"光华诗歌奖"获奖名单揭晓。获奖者：陈钰鹏、代坤、李玥涵、李长远、邵骞、孙嘉玥、谈炯程、应彻、赵浩、周乐天。

27日 第六期"经典与新锐"诗歌研读会。引言人：王大乐、何炯炯、吴径、李尤台；研读诗人：博尔赫斯、卡佛、侯马、萧开愚。

5月

17日 第九届复旦诗歌节系列活动·第九届复旦"光华诗歌奖"颁奖礼。活动地点：复旦大学邯郸校区光华楼东辅楼袁天凡报告厅。

复旦诗社社长换届仪式。复旦诗社第47任社长周乐天卸任，叶棋就任复旦诗社第48任社长。

18日 第九届复旦诗歌节系列活动·主题讲座："以心学建立的诗歌主体"。主讲人：李少君；活动地点：复旦大学邯郸校区光华楼西主楼1001会议室。

第九届复旦诗歌节系列活动·第八届"90后诗人论坛"。引言人：张定浩、刘阳鹤、徐萧、曹僧；被评诗人：李玥涵、李长远、邵骞、孙嘉玥、谈炯程、赵浩、周乐天、李尤台。活动地点：复旦大学邯郸校区本部10号楼219会议室。

19日 复旦诗社常务副社长选举仪式。参选者：林时辰、李玥涵、曾牧；

当选者：李玥涵。

复旦诗歌图书馆馆长任命仪式。馆长：曾牧；副馆长：刘亦奇、李一川。

30日 "十二白"习诗小组成立。

31日 第46次"贰叁〇"匿名评诗会。获奖诗作：李玥涵《樟树》、孙嘉玥《五月三十日夜》、林时辰《紫微波》、宋椒《鹡鸰梦头》、李一川《减字木兰》。

6月

7日 复旦诗社2019届毕业朗诵会。毕业诗人：肖水、德摩、具名、叶棋、卢墨、周一木、朱万敏。活动地点：叶家花园牡丹亭。

29日 "许德民诗歌、绘画艺术资料收藏馆"揭牌仪式暨许德民诗歌、绘画艺术作品展开幕式。活动地点：复旦大学文科图书馆一楼大厅。

"抽天开象"：许德民抽象诗研讨会。活动地点：复旦大学光华楼西主楼1001会议室。

8月

9日 第47次"贰叁〇"匿名评诗会（线上）。获奖诗作：闲芒《秋风引》、周奇《凝望》、洪樵风《风景与强盗》、李一川《环岛列车》、林时辰《三秀红事》。

9月

20日 第二届复旦"江东诗歌奖"征稿启事发布。

24日 复旦诗社2019-2020学期秋季招新。

27日 第48次"贰叁〇"匿名评诗会暨社员大会。获奖诗作：苏宸《金山寺》、李玥涵《复明症》、夏天宇《孔明灯》、周一木《灯》、刘亦奇

《一位退伍军人的婚礼》。

29日 "出不入"习诗小组成立。

10月

10日 第二届复旦大学"江东诗歌奖·创作奖"获奖名单揭晓。获奖者：陈景怡、李一川、李玥涵、刘晨阳、刘亦奇、罗倩、史玥琦、夏天宇、杨巧文、曾牧。

18日 第49次"贰叁〇"匿名评诗会。获奖诗作：曾牧《晚上我们去划船》、李玥涵《在东城》、洪樵风《狐尾山》、徐盈之《余甘子》、刘晨阳《南京绝句》。

26日 "复旦小诗集"系列新书发布。书目：陈霏《奔跑原理》、林时辰《方形的清晨》、李玥涵《透明蓝》。

11月

23日 复旦诗社绍兴诗歌秋游暨第二届复旦"江东诗歌奖"颁奖礼。活动地点：绍兴文理学院。

复旦诗社社长换届仪式。复旦诗社第48任社长叶棋卸任，李玥涵继任复旦诗社第49任社长。

复旦诗社常务副社长选举仪式。参选人：刘亦奇、宋椒；当选人：刘亦奇。

复旦诗歌图书馆馆长任命仪式。馆长：王渊之；副馆长：宋椒、李望鹭、范佳晨。

26日 第九期邯郸路诗歌讲坛·"二十年代的哨音吹响了没有"：《长假》《失眠术》新书分享会。嘉宾：李海鹏、刘阳鹤、曹僧、王子瓜、童作焉。

27日 诗歌点亮上海系列活动·"在语言的交汇处":国际诗人与复旦青年诗人交流会。主持人:肖水。嘉宾诗人:北岛、雷纳托·桑多瓦·巴希加卢波、安那斯塔西斯·危斯托尼迪斯、克里斯蒂娜·托丝、爱丽丝·皮特维;青年诗人:周乐天、李玥涵、刘亦奇、夏天宇、宋椒、李一川;现场翻译:李望鹭。活动地点:青云咖啡馆。

30日 "来自邻人的光——中国80后诗人手稿大展"开幕式暨《大家》"中国80后诗人专刊"发布仪式。活动地点:复旦大学文科图书馆一楼大厅。

中国80后诗歌研讨会。活动地点:复旦大学邯郸校区光华楼东辅楼袁天凡报告厅。

"中国80后诗歌之夜":中国80后诗人朗诵、音乐会。活动地点:复旦大学邯郸校区光华楼东辅楼袁天凡报告厅。

(周乐天、李尤台 撰)

复旦诗选.2019：拾音器

出 品 人	赵　瑞	选题策划	刘文飞	责任编辑	刘文飞
复　　审	陈学清	终　　审	贾晋仁	书籍设计	张永文
印装监制	郭　勇	项目运营	有度文化·刘文飞工作室

投稿邮箱　|　liuwenfei0223@163.com

微　　博　|　http://weibo.com/liuwenfei0223　　微信公众号　|　txsk2013_